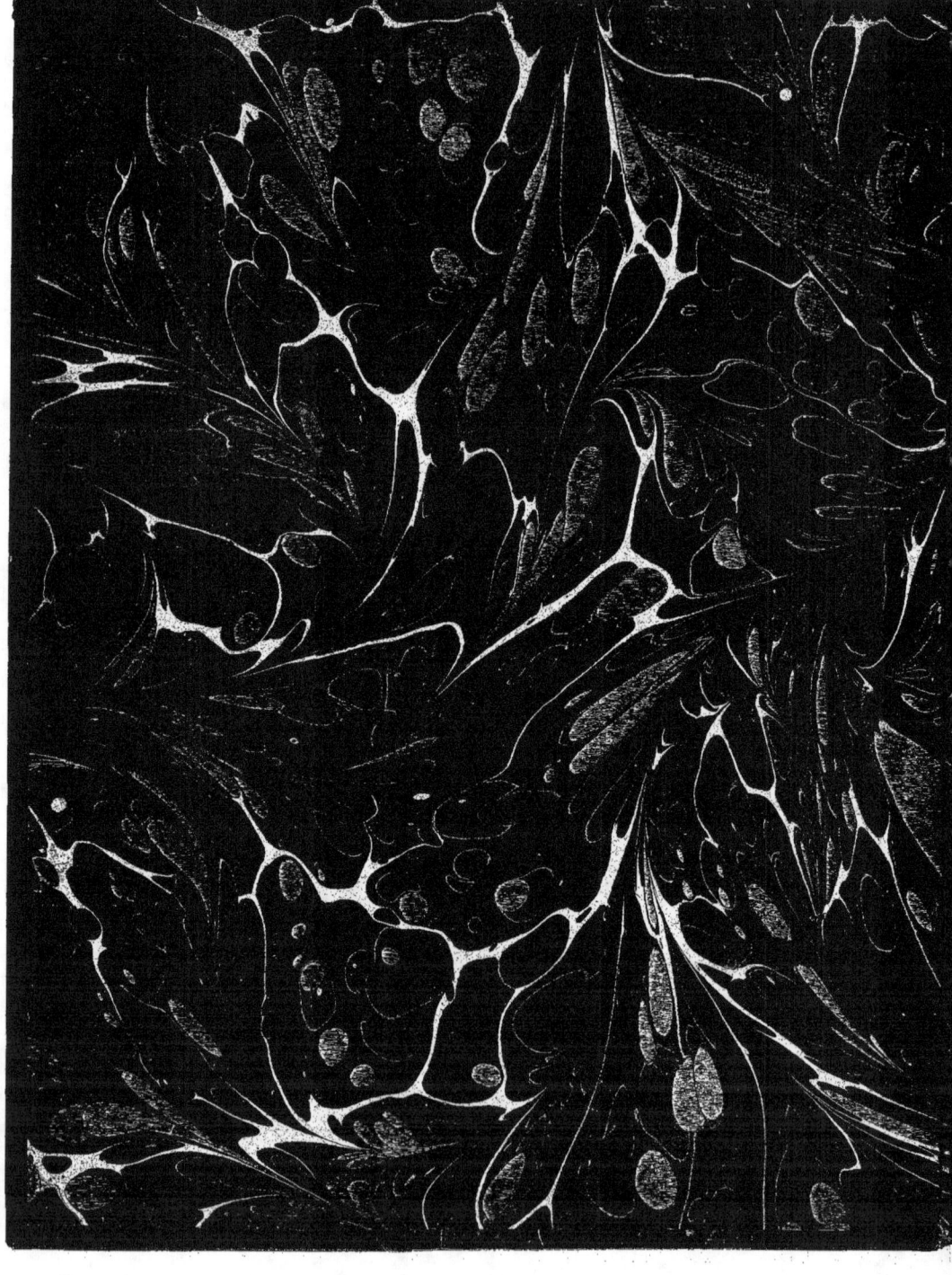

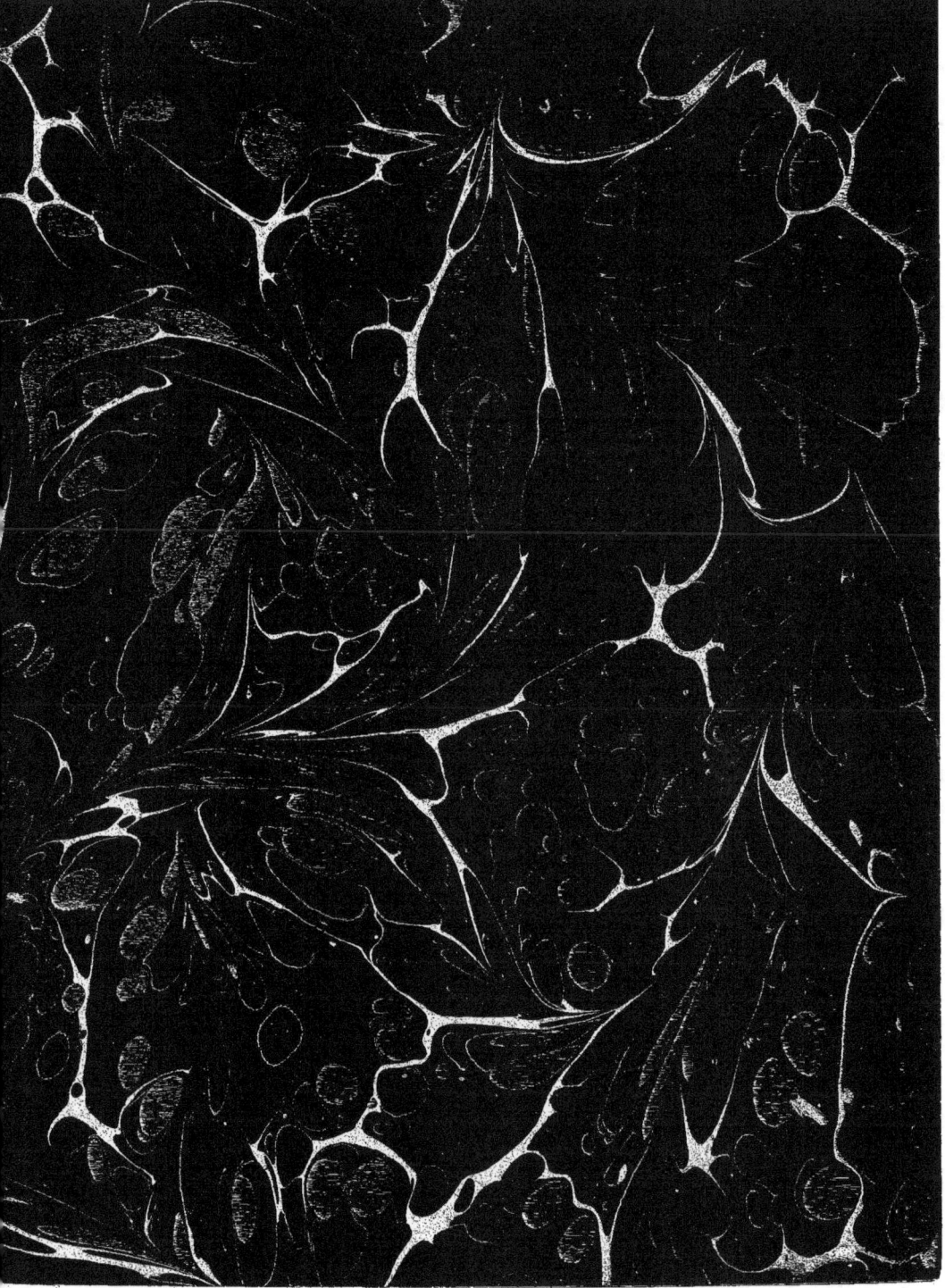

Rés.g.Yb
6

HÉRO ET LÉANDRE,

POÈME NOUVEAU

EN TROIS CHANTS,

TRADUIT DU GREC,

SUR UN MANUSCRIT TROUVE A CASTRO,
AUQUEL ON A JOINT DES NOTES HISTORIQUES.

Cette Édition est ornée d'un Frontispice et de huit Estampes en couleur,
dessinées et gravées par P. L. Debucourt, de la ci-devant académie.

A PARIS,

DE L'IMPRIMERIE DE PIERRE DIDOT L'AINÉ,
AU PALAIS DES SCIENCES ET ARTS.

AN IX. 1801.

Au milieu des ruines d'un temple que l'on croit avoir été consacré à Apollon *, sur le bord du canal qui environne l'ancien emplacement de Mitylene, on trouva, il y a quelques années, une statue de marbre que les siecles avoient mutilée : on appercevoit encore, sur le bras gauche de la figure, les fragments d'une lyre au sommet de laquelle un Amour riant étoit assis. Du côté droit, et sur un petit piédestal entrelacé de guirlandes, des figures représentant les Graces élevoient dans leurs mains des couronnes de myrte. Une inscription, qu'on lisoit au bas, laissoit distinguer, entre des lacunes, les noms de Sapho et d'Athis ; et quelques mots qui étoient à la suite annonçoient que ce monument avoit été érigé par Athis, Lesbienne, à Sapho, fille de Scamandronyme. Plusieurs lames de plomb trouvées sous la plinthe indiquerent encore qu'un petit poëme sur les amours de Héro et de Léandre, transcrit sur ces mêmes lames, étoit offert par Athis à la Muse de Mitylene. On essaie d'en donner aujourd'hui la version au public.

* Tel fut ton berceau, ô Apollon! tu en sors pour régner sur l'agréable Lesbos, celui de tes temples dans lequel tu te plais davantage. Hym. à Apollon.... œuv. d'Hom.

HERO
ET
ORE

HÉRO ET LÉANDRE,

POÈME NOUVEAU.

Cet ouvrage se vend à Paris, chez Pierre Didot l'aîné, imprimeur, au Palais des sciences et arts, galeries n°. 3, et Desenne, libraire, au Palais du Tribunat.

HÉRO ET LÉANDRE.

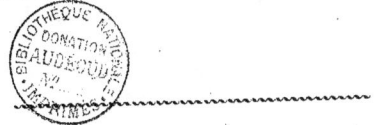

CHANT PREMIER.

Muse, quittez vos couronnes de roses, jetez vos guirlandes de fleurs; la mere de l'Amour et des Graces, Vénus, vous l'ordonne: Vénus est aujourd'hui infortunée; des larmes ameres ont mouillé ses beaux yeux! Héro (1), sa belle Héro n'est plus! il n'est point de bonheur pour elle; les plaisirs ont déserté Sestos (2): les zéphyrs ne se jouent plus sur ces rivages autrefois si charmants! l'Amour, ce téméraire enfant, n'ose plus qu'avec timidité aborder, dans ces lieux, sa mere.

Muse, quittez ces couronnes de fleurs: il

faut m'inspirer les plus doux accents. O ma lyre! résonne de sons plus tendres et mélancoliques! fais gémir les échos des bois, fais connoître les soupirs à la nymphe indifférente; qu'elle chérisse son émotion. Ah! puisse une langueur inconnue se glisser dans ses veines brûlantes!...

O ma lyre! il faut chanter sur des tons plaintifs; il faut raconter aux siecles à venir la fin déplorable du jeune homme d'Abydos (3) et de la belle Héro son amante.

Sur le côté oriental de la Chersonnese (4) de Thrace, dans une petite anse formée par les flots barbares de l'Hellespont (5), l'on trouve une presqu'isle délicieuse attenante à la ville de Sestos. Jamais on ne vit une situation plus avantageuse; la nature sembloit l'avoir formée pour les mysteres de l'amour. C'est là que la mere des Graces avoit un temple : ce monument superbe s'élevoit majestueusement au-dessus des bosquets touffus de myrtes et d'orangers; et l'encens, qui brûloit nuit et jour sur les autels de la déesse, se joignoit aux parfums de ces arbres odoriférants. Là toujours les zéphyrs caressoient mollement le feuillage ; là mille ruisseaux rouloient avec un doux murmure sur les gazons et les fleurs ; leurs ondes limpides se plaisoient à serpenter secrètement sous le mystérieux ombrage et sous les berceaux consacrés à la volupté. Ruisseaux heureux ! de combien de plaisirs ne fûtes-vous pas les témoins ! on dit même que, sensibles à l'ivresse de l'amour, vous couliez plus lentement sous ces labyrinthes sacrés ; lieux charmants, asyles fortunés où les plaisirs étoient toujours purs et renaissoient sans cesse, où la jouissance donnoit des forces au lieu de les énerver, soutenez mes foibles chants.

Et vous, fleurs timides, qui cherchez l'obscurité dans les mousses des bois touffus, vous qui vous plaisez dans le fond des bocages sombres et dans les fentes des rochers qui distillent la rosée, sortez avec éclat de vos gazons humides; faites briller vos calices veloutés variés de mille couleurs; partagez mes transports.

Témoins discrets, innocents oiseaux, faites entendre votre ramage mélodieux; donnez-vous mille baisers; agitez vos ailes légeres; sentez aussi cette douce chaleur qui vient animer mes sens.

On touchoit à l'époque fameuse où les habitants de Sestos célébroient tous les ans avec pompe les jeux institués à l'honneur de Vénus et d'Adonis (6). Déja de toutes parts accouroient en foule et les filles d'Athenes et celles de Lacédémone, avec les jeunes gens de ces deux villes. Ceux de Larysse et d'Héraclée, les femmes qui habitent les bords du Granique et le mont Ida, celles de Lesbos, qui sont venues de Méthymne et de la délicieuse Mitylene, les Thraces des bords de l'Ebre, ceux d'Éléonte et de Myrine, viennent des différentes extrémités de la mer Égée et de l'Hellespont, attirés par

la nouveauté du spectacle, et plus encore par
la noble émulation de faire paroître dans les
jeux aux yeux de mille peuples divers leur
adresse, leur grace, et leur agilité.

Déja le péristyle du temple de la déesse étoit
orné de guirlandes de fleurs ; les parfums les
plus odoriférants y brûloient par le soin des
vierges (7) de Vénus ; déja le stade (8) où de-
voient se célébrer les jeux étoit orné des chefs-
d'œuvre que les artistes célebres de la Grece et
de l'Orient y avoient exposés à l'admiration pu-
blique.

Tous les peuples étoient dans l'attente ; tous
se portoient à l'envi sur les marches du
temple, au stade, dans les bois sacrés voisins
de ces lieux, et sur les bords de la mer. Là se
rendoient de la rive voisine d'Abydos mille
peuples différents, apportant des offrandes à la
déesse : leurs vaisseaux étoient ornés de bandelettes et de couronnes ; ils descendoient sur le
rivage aux sons harmonieux des flûtes et des
lyres.

Bientôt, venant de ces mêmes bords, parut un vaisseau qui figuroit la naissance de la fille de l'onde : il avoit la forme d'une coquille ; le nacre et l'or y brilloient de toutes parts. Des banderolles de mille couleurs entrelacées avec élégance et suspendues en festons au-dessus de la statue de Vénus, formoient à la vue un coup-d'œil ravissant. Des grouppes de jeunes filles choisies parmi les plus intéressantes d'Abydos dansoient autour de la mere des Ris. Des jeunes garçons dans la vigueur de l'âge disputoient avec émulation de souplesse et de force : l'un vantoit ses exploits aux jeux pythiques (9), l'autre son adresse à domter un coursier vigoureux ; celui-ci se glorifioit d'avoir remporté plusieurs prix aux jeux néméens (10) ; celui-là se disoit presque l'égal d'Orphée : tous, dans les attitudes les plus gracieuses, confondant et leur amour-propre et leur gloire, perdant de vue leur rivalité, se mêloient avec transport aux danses voluptueuses des filles d'Abydos.

Mais, comme à la chûte du jour, quand Phébus, fatigué de sa course rapide, précipite ses chevaux hennissants dans le palais humide du souverain des ondes, on voit les vapeurs retomber en rosée, le ciel s'éclaircir de toutes parts, et le brillant Hespérus, entouré des astres rayonnants de la nuit, paroître seul au milieu d'eux comme un flambeau resplendissant de feux et de clarté, ainsi le jeune Léandre paroît au milieu de cette foule d'athletes que le desir de la gloire appelle aux fêtes de Vénus : son port, sa grace, sa candeur, le font distinguer par-dessus tous. A cet air de fierté et de douceur qu'on remarque sur sa figure, on le prendroit aisément pour l'amant de la belle Cythérée ; ce sont ses traits, c'est sa démarche même et son sourire enchanteur. Mais quel noir souci peut le ronger? quelle peine cruelle peut traverser des jours si sereins? L'amour sans doute maîtrise son cœur ; de temps en temps on le voit gémir, de temps en temps on l'entend soupirer, et ce n'est qu'au milieu de la joie folâtre du peuple qu'il peut cacher son émotion extrême. La vue du rivage où il va aborder, le stade, le temple de Vénus où il va porter son offrande, la belle Héro pour laquelle il soupire, et qu'il va revoir dans l'enceinte sacrée, tous ces objets si chers à son cœur, si doux à sa pensée, jettent un trouble marqué dans ses sens. Néanmoins, comme il est prêt à descendre de la conque (11) d'Abydos, comme il va être observé d'un peuple immense qui est accouru à la vue du chef-d'œuvre des arts qu'il va offrir dans le temple de Cypris, il prend assez d'empire sur lui-même pour rappeler sa foible raison. Il s'avance vers la statue de Vénus que son génie a enfantée; d'une main timide, il ôte le voile qui la déroboit aux regards du peuple, il attend en tressaillant le jugement que l'on va en porter.

À cette vue, un cri unanime se fait entendre; on élève de toutes parts les mains en signe d'admiration : on proclame par-tout le nom de

Léandre; Léandre est vainqueur, Léandre mé-
rite seul la palme des arts.

De tous côtés on s'empresse, on chante Vénus, on chante l'Amour; et c'est au milieu de ce
cortege brillant que le jeune homme d'Abydos
descend le grouppe de Vénus et d'Adonis.

A peine est-il descendu qu'il est déja enlevé.
Cent jeunes filles de la Grece et autant de l'Asie
traînent respectueusement la déesse jusqu'aux
marches du temple; les garçons dansent autour.

Les uns célebrent dans leurs chants le bonheur d'Adonis; les autres accompagnent sur
des instruments à cordes le refrain des jeunes
filles : tous chantent les faveurs de Cythérée.
Enfin le cortege est arrivé, les portes du temple
s'ouvrent.

Héro, la belle Héro, prêtresse de Vénus, paroît; elle s'avance pour recevoir les offrandes. À
la vue du grouppe de la déesse elle souleve
le voile qui la dérobe aux regards indiscrets : une

rougeur modeste vient colorer soudain ce teint de lis et d'albâtre.

Elle reconnoît dans le grouppe qu'on vient de placer auprès d'elle les traits de Léandre qui a ému son cœur; elle le retrouve tout entier sous la forme d'Adonis; elle se voit elle-même tout entiere sous celle de Vénus : cette vue qui flatte et caresse sa passion la fait de nouveau rougir.

Non, jamais Vénus elle-même ne parut avec tant de modestie et de graces quand, au jour de sa naissance, elle sortit du sein de l'onde en présence des immortels. Héro entend autour d'elle un murmure flatteur; le péristyle retentit des louanges qu'on donne à sa beauté timide; tous les yeux se tournent à l'instant vers elle et Léandre.

Depuis long-temps l'habitude avoit consacré l'usage de faire couronner les vainqueurs des arts par la prêtresse de Vénus; une couronne de myrte et de roses (12) placée en présence

LE   COURONNEMENT.

du peuple, de la main même de la prêtresse, sur la tête du vainqueur, devoit porter dans toutes les ames une vive émulation de gloire.

A l'instant même où le jeune homme d'Abydos alloit être couronné, tous les regards se porterent sur la prêtresse : on savoit que l'usage avoit adopté l'expression flatteuse usitée en pareille circonstance ; on vouloit être témoin de la grace qu'elle mettroit à en faire l'application.

On l'entendit distinctement prononcer, avec une modestie pleine de charmes : « Approchez, Vénus vous couronne » ! Soudain elle avança un bras d'albâtre vers ce fortuné jeune homme ; sa main osa poser la belle couronne sur sa tête.

Quels furent alors les transports d'alégresse du jeune Léandre ! quelle joie assez vive, quels sentiments assez expressifs pourroient dépeindre les mouvements précipités de son cœur ! Dans le délire où l'a jeté la faveur signalée de la prêtresse, il ose lever et fixer les yeux sur

3

elle : il arrête quelques instants ses regards sur l'arbitre de sa destinée ; il semble attendre l'arrêt de son sort.

Héro, qui a cru démêler sa pensée, flattée intérieurement du pouvoir de ses charmes, laisse tomber languissamment sur lui un regard d'intérêt ; néanmoins, pour ne pas le convaincre de sa passion, elle rentre dans le temple, et laisse Léandre dans l'incertitude s'il a su toucher le cœur de la prêtresse de Vénus.

Cependant le peuple, empressé de suivre la prêtresse, porte en triomphe le grouppe de Cythérée ; les jeunes filles de la Grece et celles venues de l'Asie vont le placer sur un piédestal magnifique, orné de bas-reliefs sculptés encore de la main de Léandre : une lampe d'or (13) brûle au-devant de cet ouvrage célebre.

On y voyoit traités d'une maniere admirable tous les évènements qui avoient précédé et suivi la naissance de Vénus.

Ici l'on découvroit tous les peuples proster-
nés implorant la pitié des immortels : des jeunes
garçons levoient les mains au ciel pour obtenir
un soulagement à l'indifférence ; ils présen-
toient aux dieux des couronnes de fleurs ; les
dieux enfin devenoient sensibles : là des vents
frais et agréables se levoient vers l'Orient ; tous
les zéphyrs se rendoient en foule un peu avant
dans la mer ; leurs haleines étoient pures et em-
baumées ; leurs sifflements étoient harmonieux ; ils agitoient mollement la surface des
eaux. Les divinités de l'onde s'élançoient sur la
plaine liquide ; on voyoit le ciel s'entr'ouvrir, la
mer se balancer, des flots poussés par les mains
délicates des néréides se choquer, se baiser vo-
luptueusement, et former cette écume qui donna
à Vénus sa naissance.

Le génie de l'artiste faisoit sortir en cet endroit du sein de l'onde la reine de la beauté
tenant l'amour serré contre son sein : on voyoit

les dieux la saluer; Phébus tempéroit sa chaleur, Éole n'envoyoit près d'elle que des zéphyrs; Flore s'avançoit enfin pour la couronner.

Plus loin, Léandre avoit représenté Adonis tendant les bras à l'Amour, et le conjurant de ne pas laisser éloigner sa mere. Des garçons timides et des jeunes filles alloient se jeter dans le sein des Graces pour les retenir. Ici les Plaisirs assemblés méditoient de doux larcins; ils s'essayoient ensemble à voltiger. Déja ils avoient pris l'essor; l'Amour les avoit suivis dans les airs. Là on les voyoit folâtrer, quand tout-à-coup l'aigle de Jupiter faisoit entendre les battements précipités de ses ailes; il descendoit des régions que parcourt le soleil, répandant au loin le bruit majestueux du tonnerre, et laissant entrevoir dans ses serres un arc et un carquois avec des fleches dorées que Jupiter envoyoit à l'Amour. La troupe légere des Plaisirs, que l'aigle avoit d'abord effrayés par ses sifflements

aigus, se rassembloit autour du fils de Vénus,
qui alloit sans crainte mettre la main sur le
présent du souverain des dieux.

Dans un dernier bas-relief, le sculpteur avoit
mis tant de finesse, il avoit su y joindre tant
d'art, qu'on ne pouvoit s'éloigner de ce morceau
charmant; le marbre y sembloit respirer.

On voyoit le fils de Vénus essayer de poser
d'abord sur ses épaules délicates le carquois
dont il avoit retenu une fleche; il tournoit ensuite et retournoit cet arc qui devoit faire gémir
tant de cœurs; il tendoit enfin la corde fatale,
et n'avoit pas de peine à deviner son usage; puis,
ayant posé la petite main qui tenoit le trait re-
doutable sur ses yeux, il réfléchissoit un moment; puis encore il entr'ouvroit malicieuse-
ment ses doigts, et regardoit à travers, quel
seroit le premier cœur qu'il auroit à percer. Sa
mere seule s'offroit à sa vue: Vénus, comme la
plus belle, devoit être la premiere à brûler de

ses feux; le sort en étoit jeté; sa main étoit déja baissée; l'arc étoit tendu; le trait frémissoit, voloit, et alloit légèrement frapper Vénus.

Dans le lointain enfin, Vénus, devenue sensible, y paroissoit couronnant par un doux hyménée les feux du jeune Adonis.

Toute cette histoire avoit été représentée sur le marbre avec tant de vérité et de charme, l'artiste y avoit su mettre tant d'expression, qu'on ne se rappeloit point avoir jamais vu dans la Grece rien de plus parfait.

Léandre, comme vainqueur des arts, fut conduit en pompe à une place distinguée: de là il pouvoit voir aisément toutes les cérémonies auxquelles alloit présider la jeune Héro: son cœur battoit d'avance; son visage étoit enflammé; il alloit revoir sa bien-aimée, il alloit revoir cet objet ravissant de pudeur et de graces.

Bientôt le son mélodieux des cithares, des flûtes et des lyres, se fit entendre. Les jeunes canephores (14) du temple parurent portant des fleurs dans des corbeilles dorées. Mille trépieds d'or garnis des parfums les plus doux furent placés dans l'enceinte sacrée ; mille instruments sonores firent retentir l'air de sons harmonieux. De petits enfants figurant les Plaisirs sembloient voltiger au-devant de leur mere ; ils devançoient la prêtresse de Vénus. Elle parut enfin.

Jamais, non jamais on n'avoit rien vu de si beau ! C'étoit Vénus, c'étoit Vénus elle-même ! Sa tunique légere, d'une blancheur éclatante, se jouoit au gré des zéphyrs ; une agraffe d'or la relevoit sur le côté avec grace ; elle étoit retenue par une ceinture (15), ouvrage merveilleux qu'on disoit être celui des immortels : un voile diaphane d'azur parsemé d'étoiles d'or flottoit autour d'elle ; il étoit surmonté d'une couronne de myrte et de roses.

Elle s'avançoit majestueusement dans le temple, baissant modestement les yeux, et portant dans ses mains deux timides colombes. Quand elle fut montée sur les marches de l'autel, on la vit présenter à Vénus ces deux oiseaux charmants; puis, se tournant vers le peuple et les rendant à la liberté : « VÉNUS, dit-elle, DONNE LA VIE A TOUT CE QUI RESPIRE ; ELLE JOUIT EN FAISANT LE BONHEUR. »

A ces mots on vit une multitude d'oiseaux s'élever dans l'intérieur du temple; ils joignirent leurs chants mélodieux aux sons des cithares et des lyres; et les vierges de Vénus entonnerent de suite des hymnes à son honneur.

Les unes disoient en chœur : « Chantons Cy-« pris; célébrons sa victoire! ses larmes ont fléchi « les cruelles divinités. Chantons Vénus; célé-« brons Adonis! il revient triomphant; ses pieds « légers ont su franchir le ténébreux Ténare! «Plaisirs, volez, rassemblez-vous, allez au-« devant d'Adonis! Il vient; c'est lui. Allez, Plai-« sirs; de vos bras caressants formez sur sa tête « une gracieuse couronne: c'est lui! c'est Ado-« nis! voltigez, folâtrez, mais loin des forêts

LES COLOMBES.

« dangereuses de la chasseresse Artémise. Vé-
« nus, l'immortelle Vénus ne verra son Adonis
« que dans les bosquets qui lui sont consacrés...
« Voici Adonis, le bel Adonis!... Forêts mysté-
« rieuses, agitez vos flexibles feuillages; tres-
« saillez à l'aspect du jeune époux de Vénus!
« voici l'heureux amant de la belle Cythérée!
« souris, tendre mere des Graces; l'instant des
« soupirs est passé, celui des plaisirs approche,
« il vient.... Réjouis-toi, Vénus; voici ton Ado-
« nis, le bel Adonis.... »

Les autres reprenoient : « Nos bosquets ne
« sont devenus charmants que depuis ton séjour
« parmi nous. A ton arrivée, ô Vénus, mille oi-
« seaux se répandirent dans nos bocages; les
« fontaines pures eurent alors un attrait ravis-
« sant; les jeunes filles s'y mirerent avec com-
« plaisance. »

Les garçons répondoient avec le peuple :
« Vénus, ô Vénus, toi seule maîtrises l'univers;
« toi seule domines dans les cieux et sur l'onde :

4

« la nature entiere ne chante que Vénus. Le
« jeune homme bouillant d'ardeur te rend hom-
« mage par ses brûlants desirs ; le vieillard re-
« connoissant aime encore à compter ses sou-
« pirs ; tout te chante dans la nature... Ô Vénus,
« ô belle Vénus!... »

Léandre seul recommençoit : « Mon cœur a
« volé vers une de tes compagnes ; une jeune
« Grace a enlevé mon cœur : j'ai perdu ma liberté.
« Ô Vénus, protege, protege ton Léandre. J'ai
« vu dans les bosquets mille oiseaux voltigeants,
« j'ai entendu leur amoureux ramage ; ils étoient
« sans doute heureux, l'amour les faisoit tres-
« saillir : à leur exemple, si tu exauces ma priere,
« si tu rends sensible la jeune beauté dont mes
« sens sont épris, je promets de te présenter
« dans ton temple une riche offrande ; un char
« superbe tout resplendissant d'or te sera offert ;
« deux cygnes d'argent folâtreront au-devant au
« milieu des ris et des amours. »

A peine il avoit fini ces paroles qu'un trait

invisible, lancé par la main du fils de Vénus,
vole, et va frapper le sein de la jeune Héro :
l'Amour suit le trait ; il pénetre avec lui dans le
fond de son cœur ; il y répand son venin, si
doux, si séduisant : une flamme inconnue consume le sein de la jeune prêtresse. Néanmoins,
pour ne pas alarmer son innocence timide, pour
la rendre docile aux premiers effets de ses
charmes vainqueurs, il s'échappe bientôt sur
l'aile des soupirs : il s'envole dans le temple, il
écarte loin d'elle les regards indiscrets.

Tous les yeux sont fixés dans cet instant sur
les filles de l'Asie et de la Grece. Là brillent à
l'envi mille beautés attrayantes ; là jouent tour
à tour au milieu d'elles les plaisirs enfants de
Vénus, les attraits piquants, les baisers voluptueux.

Cependant Héro soupire ; elle gémit dans son
cœur du trait qui l'a percée ; elle rougit ; elle hésite si elle terminera l'hymne sacré. Comme en
sa qualité de prêtresse elle doit chanter une

strophe à l'honneur de la fille de l'onde, elle surmonte enfin sa timidité ; on la voit entr'ouvrir sa bouche de rose ; tout le monde prête l'oreille.

Ainsi, quand, attirés par la fraîcheur du site, sur un gazon naissant tapissé de fleurs, deux amants cherchent la source d'un ruisseau limpide, le murmure des eaux, l'agitation du feuillage, arrêtent d'abord leurs pas incertains, et portent dans leur ame une joie inexprimable et pure ; mais si dans ce moment le chantre des bois, le rossignol amoureux, entr'ouvre son gosier flexible et fait entendre des sons célestes, on les voit s'asseoir doucement sur le bord du ruisseau, écouter, jouir, respirer à peine, craindre enfin de suspendre ou de troubler ce ramage enchanteur.

De même le peuple en entendant Héro avoit gardé le silence. Elle disoit dans ses chants : « Ô Vénus, l'univers est ici dans ton temple (16); « mille peuples soumis à ton empire viennent

« aujourd'hui célébrer tes bienfaits et te deman-
« der des faveurs. Les jeunes filles, t'invoquant
« comme leur protectrice, réclament tes graces,
« tes bontés. Ô Vénus, souris à leurs chants ;
« souris aux miens, ô ma mere! calme l'agita-
« tion des cœurs émus, appaise les sens trou-
« blés, console enfin celle qui soupire!... »

Elle dit, et tout le peuple répéta en chœur :
« Vénus, ô Vénus, console celui qui soupire! »

Léandre, qui avoit écouté avec transport le
chant de la prêtresse; Léandre, qui avoit remar-
qué en tressaillant ces paroles expressives,
« Console enfin celle qui soupire »! est au com-
ble de la joie; il croit entendre encore les accents
mélodieux de cette voix si touchante, il croit dé-
couvrir déja les mouvements de son cœur: il se
dresse pour la voir, il veut tendre les bras vers
elle; mais Héro a disparu, elle est déja loin;
déja elle a pénétré le réduit secret des vierges
de Vénus.

La fête est terminée au temple. Peu-à-peu

la foule s'écoule et sort. Léandre seul est recon-
duit en pompe ; on l'emmene au stade où vont
commencer les jeux : il s'assied sur une place
distinguée.

La jeunesse aussitôt se jette bruyamment dans
l'arene (17). On croiroit entendre comme un
essaim d'abeilles bourdonnant autour d'une
ruche. L'un monte un superbe coursier ; l'autre,
traîné sur un char brillant, fait voler au loin la
poussiere : celui-ci s'exerce d'avance à la course ;
il défie déja les plus fameux athletes : celui-là
cherche un digne rival au pugilat : il est à demi-
vêtu d'une tunique courte et légere ; des cestes
garnis de plomb et de fer (18) ceignent ses bras
nerveux.

Pendant ces intervalles une multitude innom-
brable de différentes nations se range autour
du stade sur des gradins. L'habileté de celui
qui l'avoit construit avoit su ménager, sur le
rang le plus élevé, et qui étoit d'une largeur
fort considérable, une galerie couverte dont la

voûte étoit portée par des colonnes de la forme
la plus élégante. Là se voyoient réunis les chefs-
d'œuvre des artistes immortels de la Grece.

Ici Jupiter olympien, porté dans les airs par
un aigle, sembloit menacer les nations ; là,
Diane étoit représentée entrant dans le bain
avec ses nymphes et punissant l'indiscrete curiosité d'Actéon ; plus loin Bacchus, entouré
de faunes et de satyres, étoit monté sur un
char traîné par deux tigres ; il paroissoit revenir
de sa conquête ; un air rayonnant de joie étoit
marqué sur sa figure. A côté de lui paroissoit
l'homicide Mars, plus loin le terrible Hercule ;
l'hydre de Lerne étoit abattue à ses pieds, ce
monstre reculoit de frayeur.

Mille statues d'un travail précieux, représentant des déesses, des dieux et des héros, étoient
placées successivement dans le pourtour de la
colonnade, et donnoient à ce monument un air
de grandeur et de magnificence admirable.

L'amphithéâtre (19) commençoit peu-à-peu

à se remplir. Déja les athletes étoient près d'entrer en lice ; le son d'une musique guerriere se faisoit entendre ; on n'attendoit plus que la prêtresse de Vénus.

Héro s'avance, Héro ne tarde pas à paroître : elle entre majestueusement dans les galeries du stade, au milieu de ses compagnes : tous les peuples se levent (20) pour la recevoir.

Telle venant de Paphos s'élance vers le brillant séjour de l'Olympe la jeune et riante Aphrodite ; près du céleste palais ses colombes légeres ont arrêté son char : la déesse appelle son fils ; l'Amour souriant la voit, il l'a entendue. Déja ses mains caressantes ont dénoué la mystérieuse ceinture ; déja les desirs, les charmes, la volupté, les plaisirs et les propos séducteurs se sont envolés ; ils folâtrent, ils voltigent dans l'assemblée auguste. Les dieux se levent ; les déesses jalouses ont frémi : les immortels quittent leurs sieges d'or, ils s'empressent autour de la reine de Gnide ; mille entretiens flatteurs l'accompa-

gnent jusqu'à son trône; elle attire tous les regards : la joie naît au cœur de l'immortelle.

Dans ce moment mille projets roulent dans
l'esprit de Léandre. La vue de Héro, l'espoir de
recevoir de sa main un des prix destinés aux
vainqueurs, l'idée qui le suit par-tout qu'il a ren-
contré les yeux de la prêtresse et qu'il peut mé-
riter encore de les fixer dans les jeux qui vont
commencer; cette idée, dis-je, tourmente,
agite successivement ses sens, et porte l'espérance dans son cœur : il ira se mêler parmi les
athletes de la Grece; il ira disputer les prix, et
étendre par un nouvel essor sa réputation et
sa gloire : Héro en sera secrètement flattée;
Héro ne pourra enfin lui refuser sa tendresse
et sa main : cette espérance brille sur son visage;
son corps tressaille de la plus vive joie : il se
leve, descend dans la carriere, et se mêle parmi
les concurrents.

Déja la trompette a sonné, la course va commencer, les athletes brûlent d'impatience. La

5·

barriere enfin s'ouvre, le signal se donne, tous se sont élancés....

Les regards du spectateur se fixent soudain sur l'arene. Chacun fait des vœux pour ceux de sa nation. Les filles de Mitylene desirent la victoire pour Mérion : Mérion s'est déja distingué à la course ; Mérion a déja remporté plusieurs prix aux jeux de la Grece. Celles d'Eléonte excitent également des mains leurs plus agiles compatriotes : celles de Ténédos, celles d'Ilion, et de Lampsaque, en font autant pour ceux de leur pays à qui elles portent intérêt ; toutes sont debout sur les gradins ; toutes applaudissent aux efforts de cette brillante jeunesse ; toutes sont également pressantes et du geste et de la voix.

Loin de tous ses concurrents, l'agile Mérion avançoit dans l'arene : à quelque distance de lui, Thirias, jeune Troyen, le suivoit : Léandre ensuite voloit sur ses traces, et laissoit à une grande distance tous ses autres rivaux. Léandre avoit calculé qu'ayant à faire le tour du stade avant

LA COURSE.

d'atteindre le but, il valoit mieux ménager ses
forces pour les derniers efforts , que de les user
d'abord pour n'être pas sûr de la victoire ; aussi,
dès qu'il apperçoit le but, se voyant encouragé
par ceux d'Abydos qui étoient vis-à-vis de lui,
et se trouvant auprès de Héro dont il rencontra
les regards, il appelle à son secours toute sa
force et sa vigueur. Bientôt il atteint Thirias,
bientôt il l'a devancé; il court après Mérion, il
le suit, il le presse, il fait un dernier effort ; il
s'est élancé comme la foudre; déja il est à côté
de lui, déja il l'a dépassé.... il a touché enfin le
but.

Tout le stade retentit d'applaudissements ;
tous les peuples exaltent à l'envi son adresse.
On le voit s'avancer avec timidité vers la prêtresse de Vénus : Héro se leve, et lui donne d'un
air gracieux et satisfait une coupe d'or, ouvrage
d'un artiste célebre. Mérion obtient après lui
un vase d'argent ; Thirias enfin reçoit un bou-
clier d'Argos (21).

On alloit procéder à l'exercice de la lutte. Déja les athletes attendoient le signal, quand tout-à-coup un orage violent, mêlé de tonnerre et d'éclairs, vint suspendre les jeux. Le peuple se porte en foule sous les galeries du stade; les athletes murmurant sont forcés de se mettre à couvert, et d'éviter les torrents de pluie qui inondent l'arene. Héro, la belle Héro a déja pris le chemin du temple. Léandre se presse en vain sur ses traces; il la conjure en vain d'accepter un char: Héro ne lui répond que de la main; elle lui fait sentir qu'elle est encore au milieu des chastes prêtresses de Vénus. Léandre n'ose plus insister; il craint d'irriter la jeune prêtresse; il la suit seulement des yeux; il la voit près des marches du temple. Il veut attendre son arrivée sous le péristyle, pour remarquer si elle lui portera un dernier regard : déja elle a monté les marches sacrées; déja elle a traversé la galerie extérieure : près d'entrer dans le sanctuaire, elle se tourne à demi et jette de son côté un regard plein de langueur et d'intérêt.

Léandre est transporté; il croit son triomphe certain; son cœur bat avec force, il ne peut suffire aux expressions de sa tendresse. Les graces de Héro, sa noble fierté, cette candeur séduisante qui est le partage de la sensibilité, viennent tour-à-tour se succéder dans son esprit et exciter encore la flamme qui le consume. Il baise mille fois la couronne et la coupe qu'ont touchées ses chastes mains; il les porte à tout moment à sa bouche, sur son cœur; il retourne enfin tout pensif et rêveur au stade; là il se mêle à la foule des jeunes gens; il cherche à se distraire, mais en vain : sa pensée est toujours au temple de Vénus : toujours l'image de Héro se présente à sa mémoire; il en est, à chaque instant, préoccupé.

L'orage cependant continuant avec violence, une partie du peuple s'étoit déja retirée, et avoit gagné les vaisseaux ; l'autre , composée de presque toute la jeunesse, s'exerçoit avec les filles de la Grece dans les galeries du stade : elle se livroit aux danses bruyantes; elle faisoit retentir les voûtes sonores de concerts mélodieux.

De combien de louanges fut encensée la beauté! combien de fois furent répétés les éloges donnés à la pudeur et aux graces! que de plaisirs goûtés par l'ame voluptueuse et tendre! que d'instants écoulés rapidement dans ces lieux! On ne s'appercevoit pas encore de leur rapidité , et la fin de l'orage laissoit voir sur les côtes de la Chersonnese le soleil se plongeant dans l'empire inconstant de Neptune. Bientôt il eut disparu ; bientôt il fallut penser à regagner les vaisseaux. On se sépare enfin ; on se promet de revenir à la premiere fête ; on s'engage à terminer les jeux qu'on n'avoit pu exécuter. On se donne mutuellement de part et d'autre des gages d'estime et de tendresse.

Léandre, qui n'avoit pas voulu quitter Sestos

sans aller encore aux environs du temple pour
revoir l'aimable prêtresse, a beau parcourir tous
les lieux voisins, il a beau traverser les bosquets
odoriférants qui sont plantés sur le bord de la
mer; ces lieux, quoique remplis de l'image de
son amante, ces lieux, quoique si souvent fré-
quentés des vierges de Vénus, ne peuvent offrir
aujourd'hui à ses yeux celle qu'il adore.

A chaque instant, il écarte de la main les arbrisseaux qui s'opposent à son passage; il fran-
chit les ruisseaux limpides qui serpentent au
milieu de ces prairies délicieuses : il arrive enfin,
après mille détours, sur le bord de la mer, au
pied de la tour (22) où la nuit son amante est
renfermée. Là il se plaint, là il soupire. Il appelle à haute voix sa chere Héro : Héro sans
doute est absente; elle ne lui répond pas. Il invoque alors Vénus, il invoque l'Amour, et ne
suspend enfin ses cris qu'à l'approche d'un vaisseau qui retourne à Abydos en longeant la
côte (23). Ses amis, qui l'ont apperçu sur le ri-

vage, l'appellent, s'approchent, et l'invitent à retourner avec eux dans sa patrie. Léandre n'ose se refuser à leurs sollicitations; il craindroit de faire connoître sa passion naissante; il appréhenderoit de porter atteinte aux vertus de la prêtresse de Vénus. Il monte sur le vaisseau : soudain l'air enfle la voile; on gagne le large; bientôt on a traversé le détroit; on approche des rivages d'Abydos; ils entrent enfin dans le port: Léandre descend et rentre dans la maison de son pere.

Là, tourmenté par l'idée qui le poursuit sans cesse, il ne peut rester un moment dans les mêmes lieux; il va, il vient, il appelle sa tendre Héro : le silence de la nuit augmente encore son ardeur. Il croit être à Sestos; il voit sans cesse Héro devant lui; il voit cette chaste prêtresse lui présenter la flatteuse couronne : il croit la distinguer dans le temple; il la suit des yeux, il se la représente telle qu'elle étoit à la fête: « La voilà! oui, voilà son image et ses traits

divins mêlés de fierté, remplis de douceur!....
C'est Héro, oui, c'est elle-même!.... Ô Vénus,
ô tendre Amour, soyez-moi propices! touchez
en ma faveur le cœur de Héro! que je puisse la
serrer bientôt dans mes bras! »

Il dit, et, affaissé par le délire de l'amour et
le besoin du sommeil, il tombe sur un lit de
repos. Des songes légers vinrent voltiger autour
de lui en secouant sur sa tête des pavots assou-
pissants : ils caresserent bientôt son imagination abusée ; ses membres fatigués ressentirent
peu-à-peu une secrete influence : déja ses bras
s'engourdissent, sa tête se penche, ses levres
s'entr'ouvrent, ses yeux peu-à-peu sont fermés ;
il soupire, il languit, il s'endort.

FIN DU PREMIER CHANT.

HÉRO ET LÉANDRE.

CHANT DEUXIEME.

Charme puissant qui séduis les mortels, calme paisible après lequel on soupire sans cesse, doux sommeil qui temperes et suspends l'inquiétude de l'amour, toi seul répares les maux et la foiblesse de la nature! Privé de ton appui, l'homme épuisé, sans force et sans vigueur, succomberoit sous le poids de ses infortunes; avec toi, il oublie aisément tout ce qu'il a souffert; à ton approche, le chagrin douloureux et le sombre ennui disparoissent; ils s'évaporent à ton aspect comme une vapeur légere: la tristesse fait place à la flatteuse erreur. Tu ramenes la sérénité; le

calme renaît dans les sens : à ta voix, les songes
agréables accourent; dociles, ils viennent en
foule récréer une ame languissante. Déja l'amant
sent un baume salutaire se glisser dans son
cœur; déja, bercé par tes douceurs menson-
geres, il ressent les effets de ta souveraine puis-
sance; il s'enivre à longs traits de tes délices
trompeuses : mais, hélas! pourquoi ces plaisirs
ne sont-ils qu'une ombre capricieuse et vaine?
pourquoi faut-il que ces consolations, en appa-
rence réelles, ne soient plus qu'illusoires au moment du réveil?

Léandre, caressé par les enfants de Morphée,
se livre en vain aux délices de leurs illusions;
en vain l'espérance dans un songe charmant lui
montre au loin la félicité : l'agitation extrême
de son cœur, sa position présente, l'incertitude
où il est sur les sentiments de Héro à son égard,
viennent affoiblir et détruire les effets de ce sommeil délicieux. Il ne jouit bientôt du repos que
par intervalles. Quelquefois l'idée d'être un jour

uni à celle qui maîtrise son cœur le fait tressaillir et l'agite tour-à-tour. Tantôt le fils aimable de Vénus lui montre dans l'avenir un prestige enchanteur ; tantôt l'espérance au doux
sourire chasse au loin devant lui le chagrin dé-
vorant : le bonheur, qui la suit toujours lentement, semble faire en sa présence un effort ; il
s'empresse sur ses traces ; on le voit se fixer et
s'attacher aux pas de l'Amour : à sa main brille
un flambeau, symbole de l'ardeur des amants ;
dans l'autre un bouton de rose paroît ; c'est le
prix desiré d'une difficile victoire ; il le montre
pour récompense à l'amant fidele.

Dans l'ivresse de sa joie, Léandre, brûlant
d'amour, s'agite et veut le saisir ; mais ce vif sentiment qui transporte son cœur ne fait que le
rendre plutôt à lui-même. Déja le prestige a
cessé ; tout le charme des songes s'est évanoui ;
l'illusion, comme un météore léger, n'a fait que
se montrer à ses yeux et disparoître ; le sommeil,
le doux sommeil s'est enfui dans l'antre de Mor-

phée. Ses paupieres se rouvrent à la clarté, et
déja l'aurore vermeille, entraînant après elle le
char d'Apollon qui sillonne les airs, verse l'or
sous ses pas, et chasse devant elle dans la région
des ombres tous les fantômes vains de la nuit.

L'amant de Héro, à peine sorti des bras de
l'illusion caressante, veut appeler sa raison : sa
raison, hélas ! s'est envolée à l'approche de l'A-
mour. Le fils de Vénus lui a tout enlevé ; il a
tout perdu à la fête d'Adonis. La journée entiere
se passe en soupirs ; le temps s'écoule, il fuit.
Léandre roule dans sa tête mille projets hardis.

Pendant qu'il est ainsi agité, Héro, la tendre
Héro, pareillement atteinte des traits de l'A-
mour, n'a pu trouver encore un instant de repos ;
tourmentée sans cesse par la nouvelle passion
qui la consume, elle n'a point vu le doux sommeil fermer sa paupiere : la journée qui s'est
écoulée depuis la fête de Vénus ne lui a point
apporté quelque soulagement ; son visage enflammé n'a pu reprendre encore sa sérénité or-

dinaire : elle attend la fraîcheur de la nuit, elle
attend que Diane ait monté sur son char pour
porter ses pas dans le bosquet de l'Amour ; là,
au pied de sa statue, elle projette de lui demander une grace.

Cependant le char du soleil s'étoit plongé dans
l'humide élément, les sommets des plus hautes
montagnes n'étoient plus dorés de ses rayons ;
la nuit, suivie du silence, étendoit insensiblement ses ailes sombres : seulement la chaste
Phébé répandoit une foible lueur sur les campagnes d'alentour ; mais, timide et craintive,
elle cachoit à moitié son croissant argenté.

La nature entiere étoit plongée dans le repos :
un bruit léger interrompt cette tranquillité majestueuse ; une voix se fait entendre, et c'est la
plus douce des voix....

La jeune Héro, prêtresse de Vénus, s'avance
timidement sous les berceaux de jasmins qui
conduisent à la statue de l'Amour. A l'approche
du lieu où elle va faire connoître le secret de

son cœur, une agitation subite se manifeste
dans ses membres languissants : une chaleur
brûlante succède bientôt à un frisson passager;
un dieu la maîtrise tout entière. En vain l'innocence ingénue et la pudeur timide combattent
sa passion naissante ; en vain hésite-t-elle à suivre le penchant qui l'entraîne malgré ses efforts;
ses pas, quoique chancelants et incertains, se
tournent sans cesse vers ce bosquet où l'Amour
l'appelle. Dans sa foiblesse, elle tend les bras
pour se soutenir sur les arbrisseaux qu'elle rencontre dans ces touffus labyrinthes; le myrte
tendre et l'oranger fleuri semblent se disputer
le plaisir de caresser sa main ; ils se courbent à
son passage, ils exhalent leurs parfums odoriférants ; ils paroissent briguer la faveur de lui
servir d'appui. Elle se trouve enfin auprès de la
statue du dieu qu'elle craint et qu'elle desire.

Trois fois sa bouche de rose s'entr'ouvrit pour
lui faire une priere, trois fois les mouvements
précipités de son cœur, une émotion intérieure

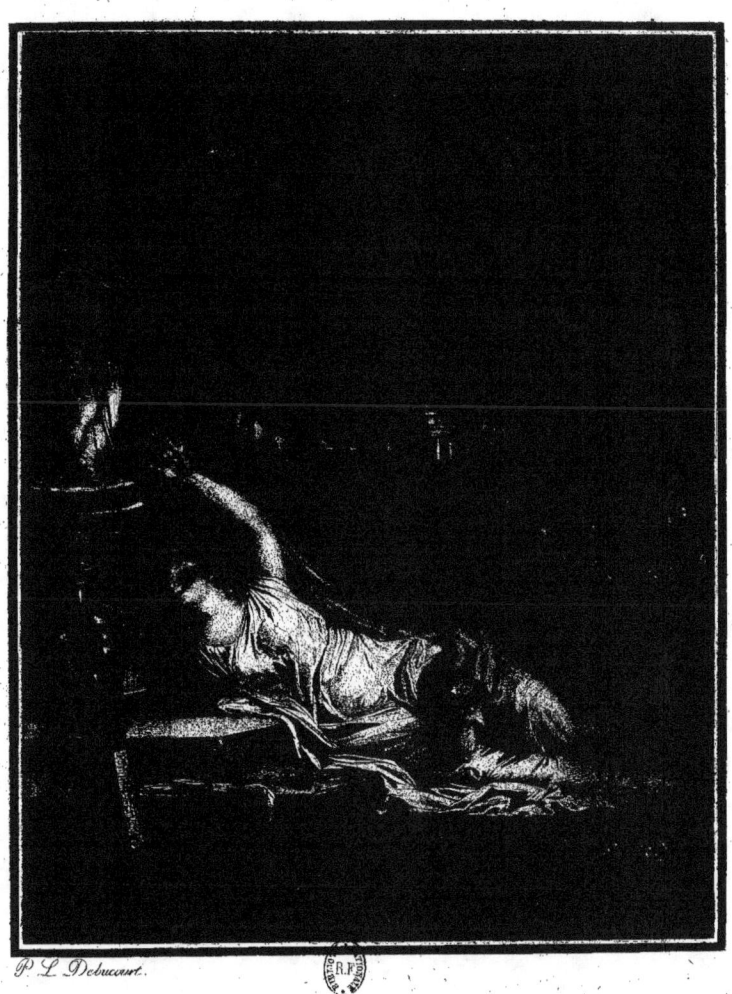

P. L. Debucourt.

L'INVOCATION À L'AMOUR.

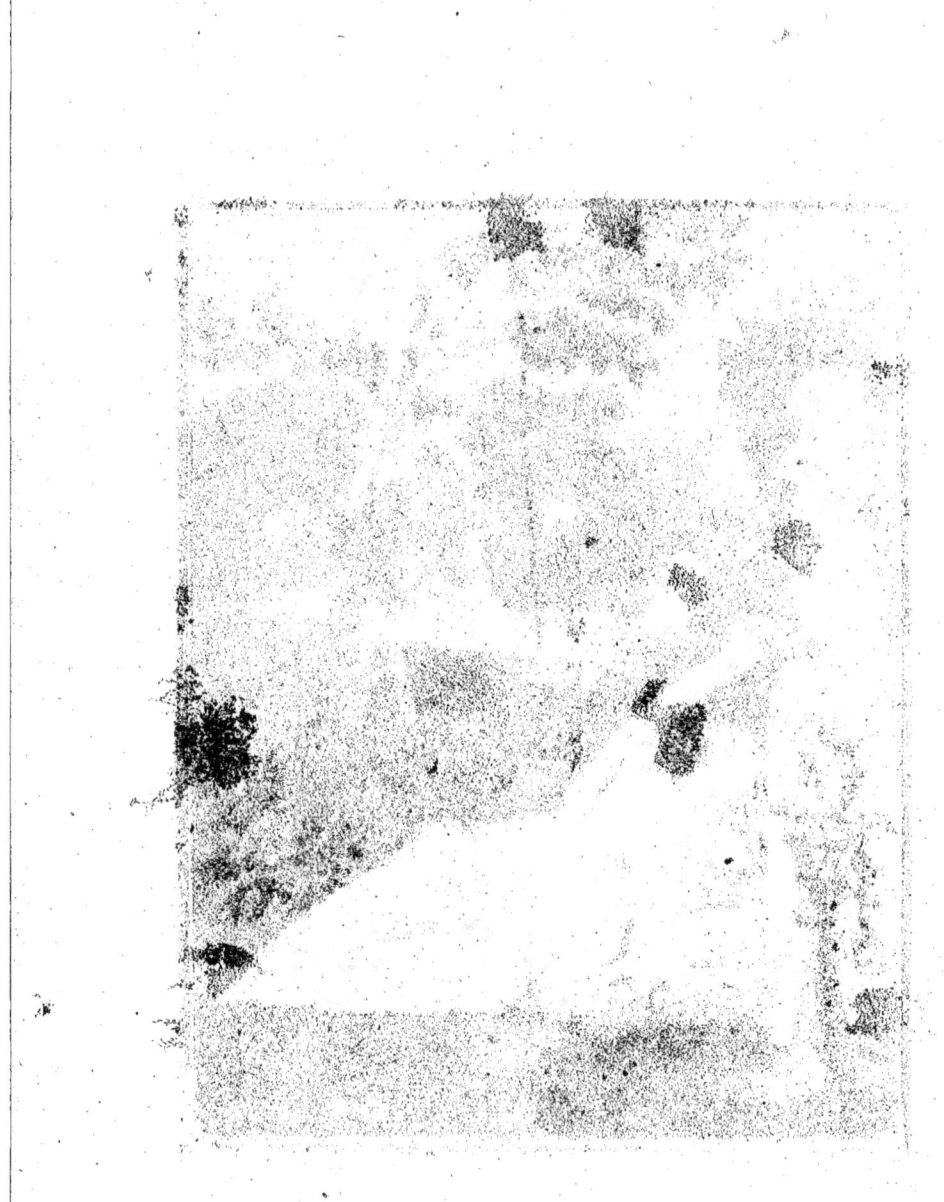

qu'elle n'avoit jamais éprouvée suspendirent sur ses levres pures des sons à demi exprimés.

Agitée, tremblante, l'incarnat le plus vif colore ses joues délicates, et se mêle à la blancheur éblouissante de son teint. Elle se dépouille des voiles légers qui la couvrent; ses bandelettes lui pesent. Elle dénoue sa ceinture; son cœur palpite avec force; elle soupire, elle se plaint, sans oser nommer l'auteur de son trouble: le dieu qui le cause sourit des effets auxquels il est accoutumé. Cependant, attendri des maux qu'elle ressent, l'Amour appelle Morphée et les songes enfants de l'imagination; ces dieux écoutent avec respect ses ordres sacrés et s'empressent à les exécuter.

Déja la prêtresse ressent une ivresse voluptueuse qui circule avec son sang; elle tombe insensiblement sur un lit de fleurs où Morphée lui-même avoit mêlé ses pavots somniferes : ses longues paupieres s'appesantissent, ses beaux yeux se ferment.

7

L'illusion, divinité chérie des malheureux mortels, la flatteuse erreur, les rêveries agréables, s'emparent de ses esprits.

Elle se croit encore à la fête de Vénus : au milieu d'un peuple immense attiré par le culte de cette déesse, elle distingue le jeune statuaire d'Abydos. Combien de fois les vœux de toute une nation, qu'elle devoit adresser aux dieux, ne furent-ils point oubliés ? Le songe qui la séduit lui permet de distinguer parfaitement les objets, lui laisse les différentes sensations du réveil. Au milieu du cortege brillant qui l'accompagne dans le temple, à travers la foule de la jeunesse qui se presse sur son passage, ses yeux modestement baissés se fixent en vain sur les colombes de Vénus : un mouvement involontaire, un coup-d'œil lancé sans intention et avec timidité rencontre par hasard les regards passionnés de Léandre.

« Hélas ! dit-elle, sans doute son cœur est « exempt des maux que je ressens ! ses yeux se

« sont à peine fixés sur les miens : à la vérité ils
« étoient remplis de langueur et d'intérêt ; mais
« peut-être une amante plus fortunée que la
« triste Héro leur donnoit cette éloquence si per-
« suasive, leur communiquoit cette douce ex-
« pression.... Son cœur, ah! son cœur ne connoît
« que les tendres faveurs de l'Amour! Qui pour-
« roit le faire souffrir! Heureuse, mille fois heu-
« reuse la beauté qui reçut ses soupirs, et qui
« la premiere lui fit connoître les desirs brû-
« lants de la passion qui me tourmente! Trop
« fiere, elle ne s'arma point d'une cruelle rigueur :
« soumise, vaincue aux premiers regards de son
« amant, consumée de mille feux, avec quel ra-
« vissement ne dut-elle pas entendre les expres-
« sions craintives de la douleur qu'elle éprou-
« voit elle - même, et le timide aveu qu'elle étoit
« sur le point de laisser échapper!.... L'onde qui
« serpente autour de moi ne peut éteindre l'ar-
« deur insensée qui me dévore ; l'haleine rafraî-
« chissante du zéphyr ne fait qu'allumer davan-

« tage la flamme qui brûle mon sein. Cruelle
« Vénus, est-ce ainsi que tu récompenses celle
« qui chérit le plus ton empire? Je me suis con-
« sacrée à ton culte, mes mains décorent tous
« les jours tes autels : tous les jours, il est vrai,
« mon cœur forme des desirs que ma voix n'ose
« te faire connoître; mais soumise à toi dès la
« plus tendre enfance, ne dois-tu pas savoir
« jusqu'à la moindre pensée de mon ame?.... »

Elle dit; et la mere des Graces calma la cruelle
agitation de ses sens; elle versa sur son sein une
eau bienfaisante.

Jamais les parfums vantés de l'Arabie ne pro-
duisirent une odeur aussi suave. La liqueur
pénetre moëlleusement ses pores entr'ouverts,
circule dans ses veines abusées, et la plonge
dans une de ces extases délicieuses qui font
perdre le sentiment.

Elle se croit dans les bras de l'objet chéri qu'elle
desire. Vénus, contente de l'erreur qui la ca-

resse, l'abandonne au milieu des amours, et
sourit de leur malice enfantine.

Dans ce même instant, le jeune Léandre,
victime également de la passion de l'amour,
toujours suivi de l'image qu'il adore, s'enfonce
dans la ténébreuse forêt située sur le bord de
la mer, presque en face de la ville de Sestos. Son
œil ardent semble dévorer les flots jaloux qui
le séparent de l'objet qu'il aime ; il en mesure la
profondeur et la vaste étendue : la sérénité de
l'air, le calme imposant de la nature, les rayons
de l'astre de la nuit que réfléchissent les eaux,
le murmure monotone et mélancolique de l'onde
qui se brise à ses pieds ; cet ensemble majestueux
et ravissant, cette situation d'une ame amoureuse et tendre, font naître alternativement
dans son cœur l'impatience, la crainte, l'audace,
l'agitation la plus vive, et la langueur la plus touchante. Combien de fois ne s'est-il pas couché
sur l'herbe humide ! combien de fois n'a-t-il

pas soupiré après la tranquillité qui le fuit, en cherchant un autre site pour se reposer!

« Infortuné, s'écrie-t-il, tu traînes par-tout
« avec toi le trait qui te déchire! tu nourris ton
« ardeur en voulant l'éteindre! cede plutôt,
« cede sans résistance au plus puissant de tous
« les dieux. Et toi, cause innocente des maux
« que j'endure, Héro! tu me fais oublier la na-
« ture entiere; les plaisirs les plus vifs ne sont
« plus des plaisirs pour moi; il n'en est point
« loin de ta présence. Mon art va languir désor-
« mais; le marbre inanimé appellera en vain
« mes ciseaux; la trompe ne fera plus retentir
« de ses sons aigus les cavernes profondes et
« les rochers arides de ces rivages : mon arc va
« demeurer suspendu; l'on ne verra plus le fer
« étincelant de mes javelots inspirer la terreur
« aux farouches habitants des bois : mes cour-
« siers, mes tristes coursiers abandonnés creu-
« seront vainement la terre. Les nymphes éton-
« nées se rassembleront dans leurs grottes tapis-

« sées de lierre et d'acanthe, pour s'entretenir
« de ma funeste passion. Mais que m'importe
« l'intérêt de l'univers entier si mon amante
« est insensible à ce que je souffre?.... Il me sem-
« ble la voir par-tout où je suis; oui, la voilà!....
« ce sont ses yeux noirs, pleins de douceur et
« de feu; ils s'attachent timidement sur moi, ils
« m'enchaînent par un seul regard: voilà son
« front noble et gracieux, sa bouche, semblable
« à la fleur nouvellement éclose, encore humide
« de la rosée du matin ; cette bouche si belle
« semble me dire, LÉANDRE, VOUS M'AIMEREZ
« TOUTE LA VIE.... Son sein d'albâtre, aussi beau
« que celui de Vénus même; mais sans doute
« moins agité; sa taille svelte et majestueuse:
« oui, voilà cet ensemble ravissant de graces,
« de fierté, de noblesse, de douceur. Ah! sans
« doute la moindre de ses perfections suffisoit
« pour me rendre son esclave. Divine prêtresse,
« pouvois-je contempler vos charmes sans me
« donner des fers? En vain j'aurois dit à mes

« yeux, N'ayez point la hardiesse d'affronter un
« de ses regards; hélas, ils ne réparent point les
« maux cruels qu'ils font endurer! mes yeux, peu
« dociles, se seroient toujours fixés sur Héro, et
« sa beauté, semblable aux rayons d'une lumiere
« vive, auroit frappé ma vue malgré ma vo-
« lonté.... Insensé que je suis! pourquoi me dé-
« fendre cette contemplation si chere? Non,
« elle ne cause point de maux cruels. Doux sou-
« pirs, illusion caressante, tendre mélancolie,
« inquiétude de l'amour! jamais, non jamais
« vous ne serez des maux pour mon cœur. La
« mort, au milieu de cette ivresse intéressante,
« me seroit bien plus précieuse que la froide
« existence d'un être insensible. »

Ainsi parla Léandre. Il roule mille projets;
projets vains et légers qui se combattent, qui se
détruisent en même temps qu'il les enfante.

Tel le berger solitaire observe d'un œil in-
quiet les tourbillons de poussiere entraînés d'un
côté et d'autre dans la plaine. Le chêne antique

qui lui sert d'abri.cede, frémit et tremble; ses feuilles agitées par les vents contraires se détachent et volent au gré de leurs caprices vains.

Le jeune amant d'Abydos voit son cœur pareillement partagé par les fantômes de son imagination capricieuse et bouillante. Sa vivacité, sa force, l'inspirent tour-à-tour, l'invitent à traverser à la nage les flots qui le séparent de ce qu'il aime. Il ne peut plus vivre loin de Héro; il ne peut plus vivre incertain d'avoir attendri son cœur. Il se dépouille de la draperie légere qui le couvre, il la replie autour de ses reins: son audace, sa vigueur, lui font mépriser les dangers; il s'élance sans crainte sur le plus perfide des éléments.

L'onde écume et se brise contre sa poitrine robuste; sa tête s'éleve majestueusement audessus des flots tremblants : les tritons légers le prennent pour une divinité de l'onde; ils bondissent autour de lui, tenant dans leurs mains des conques recourbées ; les échos répetent au loin leurs bruyants concerts. A ce bruit les vents

8

n'osent respirer; ils retiennent leurs haleines; le nuage immobile se fixe dans les airs ; l'onde s'applanit comme un crystal : et Diane, qui semble l'accompagner, lui découvre déja les rivages fortunés de la Thrace.

A cette vue, ses forces renaissent ; ses bras nerveux agissent avec une nouvelle ardeur, et le font toucher à cette terre desirée, séjour de son amante. L'Amour, protecteur de cette contrée délicieuse, fait briller son flambeau dans les airs, et l'introduit lui-même dans ce bois qui lui est particulièrement consacré.

Près du rivage, au milieu des rochers couverts de mousse et d'algue marine, on voit un sentier étroit et tortueux tapissé de coquillages de mille couleurs différentes : ce passage est difficile à distinguer, car les bois sacrés de Vénus s'étendent le long de la côte, et la couvrent de leurs ombrages touffus.

L'Amour sert de guide à Léandre, et lui découvre le chemin qui doit le conduire au bon-

heur ; il le suit dans sa route difficile. Le sable,
la nacre, n'étincelent plus sous ses pieds : déja la
mousse tendre, le narcisse, le thym, la violette,
exhalent leurs parfums autour de lui ; le lilas,
le jasmin, le chevrefeuille qui chérit la liberté,
forment sur sa tête une voûte odorante : souvent
il est obligé d'écarter ces arbrisseaux humides
de la rosée de la nuit ; mais ils cedent sans résistance, et mouillent la main qui les presse
avec peu d'effort.

Le doux murmure d'une source voisine l'invite à prendre un nouveau chemin. Il trouve
sur sa droite un grouppe admirable des trois
Graces ; les déesses ont les bras mollement en-
lacés ; le marbre semble respirer : ce grouppe
inspire la rêverie et les desirs insensés. En se
détournant, il entre dans le bois des myrtes qui
mene à l'autel de l'Amour.

Ici la timidité s'empare de son cœur : sa démarche devient plus lente, son pied léger fait à
peine ployer l'herbe tendre ; il n'ose reprendre

haleine; quelquefois l'agitation du feuillage que
balance doucement le zéphyr suspend tout-à-
coup ses pas incertains; quelquefois encore le
murmure mélancolique d'un ruisseau qu'il va
traverser, et les rayons brillants de la lune que
réfléchissent ses ondes argentines, portent dans
son ame une émotion extrême. Il avance timidement ses mains; ses pieds touchent légèrement la terre; il s'arrête, il écoute; ses regards
craintifs semblent redouter l'objet qu'ils desirent: mais l'Amour lui découvre sa jeune amante
reposant dans les bras du sommeil.

A cette vue, ses joues, à peine couvertes d'un
duvet naissant, se peignent d'un rouge animé;
un feu nouveau se répand dans ses veines; son
cœur agité palpite avec force; on entendroit ses
battements précipités.

Cependant l'incertitude et la timidité lui font
chercher une retraite avantageuse pour contempler la jeune prêtresse sans en être apperçu.

Abusée par un songe séducteur, Héro ne peut

plus retenir les expressions que lui dicte son délire. Elle soupire, elle se plaint; son sein s'éleve et se baisse amoureusement.

Ainsi, dans un beau jour de printemps, lorsque le zéphyr ride à peine la surface d'une onde pure, vous voyez les flots crystallins s'étendre comme une gaze légere sur un rivage émaillé de fleurs, s'en approcher lentement, l'effleurer, le presser, se retirer, venir, s'en éloigner, revenir pour le caresser encore.

Tels étoient les mouvements onduleux de son sein. Dans les différents transports qu'elle éprouve, sa voix osa nommer Léandre, et lui prodiguer les noms les plus doux.

A ces accents Léandre étonné sort de son admiration respectueuse; il vole et tombe à ses pieds. Là, tremblant, plein d'inquiétude et d'impatience, sa bouche est entr'ouverte, ses yeux sont timidement levés; l'on eût vu sur sa figure intéressante les différents caracteres de l'amour et du plaisir, de l'espérance et de la crainte.

Héro s'éveille ; ses bras tombent sur le gazon,
ses beaux yeux s'entr'ouvrent.

Surprise, effrayée de l'objet qu'elle voit à ses
pieds, elle croit être encore dans le délire du
sommeil : elle hésite, se trouble, et n'ose faire le
moindre mouvement. Cependant, bien sûre que
ce n'est plus un songe, « Qui que vous soyez, dit-
« elle, n'abusez point de ma foiblesse ; ne profa-
« nez point la majesté de cet asyle.... Que cher-
« chez-vous ? que demandez-vous dans ces lieux
« tranquilles et solitaires, tandis que toute la
« nature goûte les douceurs du repos ?.... »

— « Aimable Héro, digne prêtresse de Vénus,
« excusez ma témérité ; ne craignez point, ne
« soyez point alarmée.... Je suis Léandre, sta-
« tuaire de Vénus ; l'Asie me donna le jour, Aby-
« dos est ma patrie.... Tourmenté par le cruel
« Amour, victime d'une passion malheureuse,
« je n'ai pu supporter plus long-temps l'éloigne-
« ment de ce que j'aime ; j'ai bravé les flots insen-
« sibles, je les ai bravés pour vous voir.... Je

« viens mourir à vos pieds; heureux encore si
« mon dernier soupir fait naître dans votre ame
« un foible intérêt pour un amant infortuné!... »

Contente de ces expressions soumises, flattée
secrètement du pouvoir de ses charmes et des
effets de sa beauté, « Jeune étranger, lui répon-
« dit-elle, vos paroles me rassurent; votre air,
« votre douce physionomie bannissent la crainte
« de mon cœur, me permettent de ne plus trem-
« bler auprès de vous. Cependant, si mes desirs
« vous sont chers, si vous êtes jaloux de respec-
« ter ma volonté, Léandre, au nom des dieux,
« je vous conjure de quitter cette retraite sacrée;
« votre absence peut seule calmer entièrement
« l'agitation de mes sens. Fuyez, laissez-moi... »

— « Vous voulez que je vous fuie! mes yeux
« arrêtés sur vos yeux avec tant de plaisir pour-
« ront-ils cesser de vous regarder? Cruelle! je
« puis mourir à vos pieds de regret et d'amour!
« cette mort, oui, cette mort auroit encore des
« charmes!.... Mais loin de vous, je le sens,

« Léandre languissant et triste expireroit dans
« la plus affreuse douleur.... »

Il se tut, et ses mains tremblantes oserent
presser contre son sein cette beauté timide : elle
ne faisoit plus que de légers efforts pour le repousser. Combat charmant! précieuse modestie!
refus mal articulés! pudeur aimable qui rendez
la félicité si vive! cédez à leurs tendres desirs,
couronnez ces jeunes amants....

Ainsi, le matin d'un beau jour, on voit dans
les bocages riants de Flore un bouton de rose
refuser de s'ouvrir au souffle caressant de Zéphyre; en vain son haleine amoureuse et pure
vient agiter ses feuilles délicates, en vain l'ar-
buste charmant a frémi de ses efforts redoublés,
le bouton n'éclorra point encore, il differe de
s'entr'ouvrir; mais à peine les rayons du soleil
ont frappé sa tige refroidie et ranimé sa chaleur
éteinte, que tout change dans cette fleur; on la
voit se colorer d'un rouge tendre, et exhaler à
l'entour ses parfums délicieux : déja elle dispose

légèrement ses feuilles, déja elle appelle les baisers de l'amant qu'elle avoit d'abord repoussé:
à sa voix Zéphyre revient, approche, soupire, et
avec mille caresses introduit dans son calice
vermeil cette douce rosée qu'a fait couler l'a-
mour.

De même Héro, donnant un libre essor aux
expressions de sa tendresse, « O vous que je
« n'ose nommer, dit-elle, ma voix n'a plus d'em-
« pire sur votre ame, et je ne puis m'opposer à
« vos desirs..... je ne puis me défendre. Vénus
« m'inspire les plus tendres sentiments. Eh! qui
« peut résister à Vénus? elle allume dans mon
« sein une flamme inconnue.... Pourquoi vous
« cacher mon amour? votre premiere vue porta
« l'ivresse dans mon cœur; mes yeux, vaincus
« par vos regards, se baisserent en vain pour vous
« fuir, je trouvai par-tout votre image; je fus
« émue, une rougeur involontaire me trahit:
« vous fûtes le témoin de mon trouble!.... je me
« sentis défaillir..... Hélas! vous étiez la cause de

9

« ma foiblesse !.... Cher Léandre.... cet aveu doit
« vous suffire ; respectez votre amante : elle est
« soumise à vos desirs ; mais daignez la protéger
« contre elle-même.... Modérez ces transports
« qu'elle ne peut partager sans rougir ; et si
« l'union la plus tendre peut vous rendre heu-
« reux, venez former sur l'autel de l'Amour les
« nœuds sacrés qui vous donnent une épouse... »

Elle dit ; et Léandre, impatient de céder à ses
vœux, passe amoureusement ses bras autour de
sa jeune épouse ; il l'entraîne vers l'autel de l'A-
mour. Héro ne fait plus qu'une légere résistance ;
elle est comme une colombe timide ; ses pieds
tremblants ne peuvent la soutenir ; elle se penche sur son bien-aimé ; ils marchent ensemble
inclinés l'un vers l'autre. Ils sont arrivés enfin à
l'autel qui va recevoir leurs serments. Léandre
le premier, élevant ses mains vers la voûte
azurée, « Amour, Amour ! s'écrie-t-il, vie de
« tout ce qui respire, délices du cœur tendre,
« charme puissant qui fait chérir l'existence !

« Vénus, Phébé, qui seules dans les airs répan-
« dez dans le silence de la nuit vos brillantes
« clartés ; et vous, divinités paisibles de ces bo-
« cages sombres, discrets témoins du bonheur
« de Léandre, écoutez sa voix, écoutez celle de
« l'heureux époux ; participez à sa joie, faites
« retentir les échos du chant de *io hymen! io!*
« *io!* que ces forêts répetent tour-à-tour *io hy-*
« *men! io hyménée* (24)!.... Et toi, chere Héro,
« approche ta main; mets-la sur mon cœur;
« sens-tu comme il palpite? sens-tu comme il
« s'élance au-devant du tien? il tressaille à ton
« aspect; il te dit qu'il t'aimera toute la vie; il te
« dit que loin de toi il seroit bientôt comme
« l'herbe altérée des champs qui sans la rosée
« du matin tomberoit fanée et flétrie.... »

Il avoit à peine fini que Héro avoit déja repris
avec une langueur ravissante : « O ma mere, ô
« Vénus! j'obéis à tes saintes lois; je cede enfin
« à l'amour..... Ruisseaux charmants, fontaines
« limpides, arbrisseaux légers qui vous jouez

« dans les airs, fleurs modestes qui vous cachez
« sous la mousse tendre, oiseaux heureux que
« l'amour en ce moment tient sans doute ré-
« veillés, Héro vous appelle, écoutez ses accents.
« Héro, prêtresse de Vénus, se donne à Léandre,
« Héro lui offre son cœur; elle sera son épouse
« fidele. Puisse Vénus lui être toujours favo-
« rable! puissent les destinées sourire à son
« hymen! »

Le dieu de Paphos présida seul à leur secret
hyménée. La jeune Héro, couronnée de fleurs
et les yeux baissés, ne fut point conduite au lit
nuptial par ses compagnes chéries : les plaisirs
écarterent les témoins importuns; la pudeur et
les graces formerent son cortege; le sang des
victimes ne rougit point la terre, les flambeaux (25) ne brillerent point dans les airs:
Diane seulement répandoit une foible lueur sur
ces deux amants; et les astres de la nuit, étincelant d'une lumiere plus vive, sembloient alors
tressaillir.

L'ENTRÉE À LA GROTTE.

Une grotte délicieuse leur offrit une retraite desirée, impénétrable aux yeux des mortels. Héro, vivement émue, jeta sur son époux le regard le plus tendre ; ses charmes vainqueurs n'avoient jamais été plus puissants : un voile d'azur, heureux présage du desir, couvroit déja ses beaux yeux, et donnoit à sa vue languissante et vive tour-à-tour l'expression d'une douce ivresse. Son amant voulut la saisir ; elle s'échappe de ses bras et vole sur le gazon flexible. Léandre fait de vains efforts pour l'atteindre : trois fois ses doigts étendus croient la toucher; trois fois son amante, aussi souple que légere, trompe son espoir par un détour inattendu. Cependant ses forces l'abandonnent; elle cede à l'amour, et va cacher son émotion dans cette grotte paisible, refuge des plaisirs.

La Volupté, docile aux leçons de Vénus, y reposoit, mollement étendue; sa tête, couronnée de myrte et de roses, abandonnée sur un lit de fleurs, tomboit en arriere, et découvroit son sein d'albâtre, trône de l'amour; sa prunelle étoit errante, ses narines sembloient respirer le feu; sa bouche, égarée par les plaisirs, laissoit distinguer sa langue amoureuse : les jeux folâtres et les ris avoient écarté ses voiles légers; les charmes les plus secrets étoient exposés aux regards; son attitude enivroit les sens, provoquoit les desirs et l'audace.

Un silence profond régnoit dans les airs; on n'entendoit que le frémissement du feuillage agité par les zéphyrs et le jaillissement continu d'une cascade voisine. Là , mille fleurs effeuillées à dessein offroient aux amants des lits parfumés; là, des corbeilles souples, habilement suspendues, se prêtoient à tous les mouvements, invitoient à de nouveaux plaisirs : des sieges tapissés de mousses tendres sembloient étaler à l'envi les formes les plus heureuses; ils entraînoient les jeunes amants.

Dans cette grotte le plaisir n'étoit point interrompu; l'entrée en étoit dérobée par des guir-

landes de fleurs qui se reploient en festons:
des essaims de petits dieux voltigeoient sans
cesse à l'entour comme des papillons légers, et
chassoient au loin l'envie odieuse, l'indiscrétion,
et la curiosité.

Animés des mêmes transports, bientôt leurs
bras s'enlacerent amoureusement. Les soupirs
succedent aux paroles, et les soupirs ne sont
plus entendus.... Leurs regards humides de volupté s'affoiblissent; leurs levres vermeilles
s'entr'ouvrent pour se caresser.

Comme deux fleurs qu'un heureux destin in-
cline l'une vers l'autre cedent tour-à-tour au
souffle amoureux du zéphyr, et confondent dans
leur agitation réciproque les gouttes de rosée
qui roulent de leur sein:

Ainsi leurs bouches cedent à l'amour et permettent à leur ame de se réunir. Leurs paupieres languissantes s'entr'ouvrent et se ferment
par intervalles. Il ne leur reste de sentiment que
pour jouir du plaisir qui le leur fait perdre.

Plongée dans une délicieuse ivresse, la jeune
Héro n'a plus la force de presser son amant
contre son sein ; ses bras tombent inanimés
d'un côté et d'autre.... ses doigts sont trop foibles pour le serrer ; ils semblent repousser et
retenir en même temps l'objet aimé qui cause
son délire.... Bientôt une vive douleur lui rend
la connoissance qu'elle avoit perdue, et fait couler des larmes sur ses joues brûlantes....

Douleur précieuse ! larmes chéries ! avec
quelle vivacité ne fûtes-vous point recueillies
par un amant heureux !

Revenus à eux-mêmes, ils se contemplent
avec une nouvelle tendresse. L'abattement, la
langueur, un air intéressant, un charme qu'on
ne peut définir, mais que l'on éprouve à la vue
de l'objet qui vient de nous faire connoître les
plaisirs de l'amour, les rend l'un et l'autre mille
fois plus amoureux. De nouveaux baisers, de
nouvelles caresses ne leur permettent plus de
songer à leur séparation. Confondus dans le

même être, pour eux il n'est plus de devoirs, il n'est plus de patrie. Abandonnés sans résistance à leurs desirs, ils sont heureux. Un regard, un soupir, un transport voluptueux, leur font oublier la nature entiere, les empêchent de voir l'aurore jalouse qui paroît déja sur l'horizon.

Cependant des lois séveres leur défendent de rester plus long-temps ensemble. Le réveil de la nature, le gazouillement des oiseaux, ce ramage enchanteur qu'ils font entendre le matin, leur annoncent qu'il faut s'éloigner.

Ils s'embrassent encore mille fois, et, soutenus tendrement l'un sur l'autre, ils s'avancent vers le rivage.

Sur le bord de la mer, on voyoit une tour antique attenant aux appartements des prêtresses de Vénus. Souveraine de ces lieux, Héro peut y pénétrer avec facilité : elle invite son jeune amant à ne point perdre de vue cette tour élevée ; un flambeau qu'elle doit allumer au faîte

10

doit le guider dans les ténebres au milieu des ondes, lorsque le desir de la revoir lui donnera l'audace de les braver encore. Ce projet adoucit un instant sa peine, et calme l'émotion que la cruelle nécessité de se séparer avoit fait naître dans son cœur.

Charme consolateur, espérance, déité chérie des amants, soutenez leurs ames abattues; offrez-leur l'idée rassurante d'une prochaine réunion. Et toi, Vénus, amene la sérénité dans les airs; veille sur les jours d'une beauté qui te consacra son enfance; daigne exaucer les premiers vœux d'une épouse!...

Toujours bercée par ce flatteur espoir, « O « toi, dit-elle, unique objet de mes tendres « amours! toi qui le premier m'as fait connoître « les mysteres secrets de la volupté, fixe sans « cesse tes regards sur cette tour, asyle de ton « amante; ne perds point de vue ce feu que mes « mains doivent entretenir: il brillera dans les

« airs ; il dissipera pendant la nuit l'obscurité
« profonde qui pourroit t'égarer sur ces ri-
« vages.

« Et toi, tendre fils de Vénus, si le souffle des
« vents déchaînés me faisoit craindre pour le
« flambeau qui doit guider mon amant, si l'ha-
« leine audacieuse du zéphyr faisoit vaciller
« cette flamme légere, je t'en conjure, Amour,
« viens, vole auprès de Héro ; couvre-moi dou-
« cement de l'une de tes ailes ; de l'autre, bat-
« tant l'air à coups précipités, écarte l'approche
« indiscrete des téméraires enfants d'Éole... »

Elle dit, et ses soupirs affoiblissent sa voix.
Ils s'embrassent avec tendresse ; ils se regardent
avec un charme attendrissant : leurs levres entr'ouvertes appellent encore les baisers ; ils se
font mille caresses nouvelles ; leurs larmes ruis-
sellent tour-à-tour sur leurs joues de rose ; leurs
mains se serrent amoureusement ; des sanglots
redoublés s'échappent involontairement de leur

sein.... Il semble qu'un secret pressentiment leur dise qu'ils ne se verront plus... Innocentes victimes ! les Destinées murmurent de votre union ; les vents insensibles ont emporté vos derniers adieux....

Oppressé par la plus vive tristesse, Léandre se précipite dans les flots, qui, dociles pour la derniere fois, vont le rendre à sa patrie.

Les regards de ces amants se cherchoient encore lorsqu'ils ne pouvoient plus se distinguer. L'œil attaché sur le rivage, les bras étendus, la bouche entr'ouverte, les cheveux flottants dans les airs, on eût pris la sensible Héro pour une ménade qui vole aux fêtes de Bacchus ; ou telle, sur les rochers attendris de Naxos, parut autrefois Ariadne, victime infortunée de l'inconstance de son amant.

FIN DU DEUXIEME CHANT.

LE MATIN.

HÉRO ET LÉANDRE.

~~~~~~~~~~~~~~~~~~~~~~~~~~~~~~~~~~

CHANT TROISIEME.

Oh, que l'absence d'un objet aimé est un cruel tourment pour une ame amoureuse et tendre! En vain l'image des plaisirs qu'elle a goûtés vient se retracer devant elle, en vain l'amour conso- lateur lui prodigue les plus tendres faveurs, rien ne peut calmer le trouble et le délire qui l'agite sans cesse : libre dans son essor, l'imagination vole bientôt à l'objet dont elle est séparée ; elle se repaît en illusion des délices qu'elle a déja goûtés ; elle rappelle mille circonstances flatteu- ses : elle croit être encore, elle aime à se trans- porter aux lieux de l'entrevue, source de sa féli-

cité. Les marques de tendresse et d'amour don-
nées au moment d'une séparation cruelle viennent se succéder tour-à-tour dans la pensée de
l'amant. Que de larmes n'ont pas coulé! que de
soupirs, que de sanglots n'ont pas été étouffés!
combien de fois le cœur serré n'a pas palpité de
crainte! et combien de baisers n'ont-ils pas suspendu sur des levres amoureuses l'expression
des plus vives alarmes....! O témoignages ar-
dents des faveurs de l'amour! ô délicieuses pen-
sées d'un bonheur, hélas, de si courte durée!
vous n'offrez plus au jeune homme pendant
l'absence qu'un vuide affreux qui le mine lentement par la sombre mélancolie. Eh! comment
pourra-t-il résister à tant de chagrins, quand,
après avoir joui du bonheur suprême, séparé
de celle qui causa ses brûlants transports, il
sera livré à lui-même, seul, sans appui, sans
guide, hélas! et si loin de sa belle?....

L'amour déchire le sein de Léandre; le jeune
homme languit, et bientôt se consume; rien ne

peut dissiper la tristesse qui le suit en tous lieux ;
en vain sa famille éplorée fait des efforts pour
arracher de son cœur le trait qui l'a blessé ; sensible à ces preuves touchantes d'affection, Léandre s'étudie inutilement à donner à ses traits
l'expression de la joie ou les marques sereines
d'une douce tranquillité ; sa douleur concentrée
dans son ame n'en est que plus vive ; son émotion ne peut se cacher ; on la voit sur son front,
on la distingue à la vive agitation de son sein ;
des larmes rapides coulent involontairement de
ses paupieres.

Ces mouvements involontaires le trahissent
et font connoître sa passion : il erre dans les
forêts les plus sombres ; il parcourt les montagnes arides ; il s'arrête souvent dans l'horreur
des profondes vallées ; il cherche les cavernes
solitaires ; il se repose sur le bord des ruisseaux
dont le murmure inspire la rêverie. Attendri
par le charme de la nature, il voit l'amour dans
tout ce qui respire ; tous les objets nourrissent

et flattent ses desirs ; les émanations parfumées
des plantes, le coloris séduisant de mille fleurs,
la fraîcheur, l'aimable verdure, les caresses et
le plaintif roucoulement des ramiers, tout ce
qu'il entend, tout ce qu'il voit, porte dans son
ame le trouble et l'ivresse, lui rappelle le besoin
d'aimer, lui retrace les instants heureux qui se
sont rapidement écoulés : mais le souvenir de
son bonheur vient parfois adoucir le tourment
qu'il endure.

Le ciel embrasé, sous le signe du Cancer, étoit
alors sans nuages ; un calme profond régnoit
dans les campagnes ; la feuille n'étoit point agitée
par les zéphyrs ; seulement des vapeurs légeres
s'élevoient de temps en temps dans les airs, et
portoient un souffle brûlant jusque dans les
grottes tapissées de mousse : la fleur desséchée
tombe, sa tige languissante est trop foible pour
la supporter ; l'herbe jaunit ; la terre calcinée
s'entr'ouvre et s'écaille.... Dans ce jour les naya-
des haletantes découvroient leur sein ; elles

étoient endormies sur leurs urnes épuisées; les
eaux limpides avoient abandonné le lit des ruisseaux; les poissons bondissants expiroient sur
un sable aride.

Cette nuit même, Léandre doit traverser l'Hellespont; cette funeste nuit fut déterminée pour
revoir son amante... Oh, que les heures s'écou-
lent lentement au gré de ses desirs! il semble
que la nature entiere conspire contre lui. Infortuné jeune homme! Apollon, sur son char
éblouissant, gémit de ta cruelle destinée; il vou-
droit prolonger le dernier de tes jours; en vain
colore-t-il de ses rayons le sommet des hautes
montagnes, en vain seme-t-il l'or et l'azur sur
les ondes qui te demandent sourdement, déja
son flambeau resplendissant frappe ta vue pour
la derniere fois...

Peu-à-peu la clarté du jour s'affoiblit; déja
même les ombres s'étendent insensiblement.
Les chevaux de la nuit, couverts de crêpes sombres, hennissent; une vapeur de feu sort de

11

leurs naseaux étincelants : les desirs insensés ,
la perfide erreur, soutiennent leurs rênes et diri-
gent leur course : les songes caressants se jouent
autour d'eux ; ils agitent leur criniere d'ébene,
et les flattent en jetant des pavots sur leurs
pieds légers.

La terre et le ciel sont confondus dans l'ombre, et tout ce qui respire est dans le repos.
Léandre seul attend avec impatience le signal
qui doit le guider sur l'onde : il découvre enfin
ce flambeau si desiré ; son œil le voit briller au
loin : comme une étoile resplendissante, il le
salue en tressaillant ; et, dans ses transports, il
adresse cette priere à Vénus :

« Souveraine de l'univers, puissante déesse ,
« toi dont la beauté soumet à ton empire depuis
« les foibles mortels jusqu'aux divinités des en-
« fers et des cieux, écoute, déesse, écoute un
« amant qui t'implore ; exauce mes desirs ; fais-
« moi glisser rapidement sur cet élément qui te
« donna la naissance ; fais-moi toucher aux

« rivages fortunés de Sestos; permets à ma bou-
« che de recueillir les soupirs de mon amante.
« Si mon cœur palpite vivement sur son cœur, si
« nos regards se confondent encore, si mon ame
« errante de plaisir se présente une fois sur ses
« levres de rose pour passer dans son sein, ô
« puissante déesse! sur cette même terre qui
« m'a vu naître je t'éleve un temple superbe;
« mille colonnes en porteront le faîte jusqu'aux
« nues, et les bois odoriférants de l'Asie s'uni-
« ront aux métaux les plus précieux pour le
« décorer. »

Il dit, et s'élance dans les flots. Déja il est
porté sur le dos de la plaine liquide.

Cependant l'onde frémit et se couvre légèrement d'écume; la terre s'émeut au loin; un murmure sourd s'éleve du fond des abymes; les
forêts du rivage retentissent; les échos répetent
de longs et de lugubres mugissements... des exha-
laisons sulfureuses s'élevent rapidement dans
l'atmosphere; elles se choquent, elles s'embra-

sent; des nues épaisses se forment au-dessus
des montagnes ; elles se portent avec rapidité
sur l'Hellespont : les éclairs répétés se succedent;
la foudre tonne dans le lointain; elle s'avance,
elle s'approche ; la mer commence à s'ébranler...
peu-à-peu les vents s'accroissent ; ils soufflent
peu-à-peu avec plus de véhémence; leurs sifflements affreux résonnent au loin dans les antres
des monts : déja ils agitent les flots ; déja les
vagues deviennent furieuses ; elles se portent
au-dessus des rochers qu'on voyoit, dans le
calme, sortir de leur sein : le ciel s'obscurcit ;
les vapeurs condensées s'abaissent ; les nuages,
entraînés par les courants contraires, volent dans
le vague des airs; on les voit coup-sur-coup s'en-
flammer : l'atmosphere est subitement embrasée;
les furieux autans sont tous déchaînés; un bou-
leversement effroyable agite soudain les flots;
les roulements prolongés du tonnerre se font
entendre ; les montagnes s'ébranlent jusque
dans leurs bases ; les arbres déracinés tremblent,

frémissent, éclatent, tombent, se brisent avec
fracas, et sont emportés par les torrents furieux....

Tout a fui : la nature est en deuil ; la nature
entiere est ensevelie dans d'épaisses ténebres :
tous les êtres animés gémissent dans leurs re-
traites ; seulement quelques oiseaux sinistres,
avides de destruction et de carnage, effleurent
en croassant la surface des vagues ; ils semblent
errer en cherchant leur proie.

L'infortuné Léandre est entraîné malgré ses
efforts ; les lames se jouent de lui dans les airs,
ou le précipitent, en mugissant, dans leurs antres
humides. Ses forces l'abandonnent ; ses bras
affoiblis ne peuvent plus le soutenir ; un frisson
mortel se glisse dans ses veines ; une vapeur
funeste se répand sur sa vue.... Ses regards incertains et languissants se tournent sans cesse
vers ce rivage qu'il desire ; mais il ne le voit plus :
les aquilons ont éteint le flambeau que son
amante avoit allumé. L'espoir fuit de son cœur :

il appelle en vain le perfide Amour; ses cris ne
sont point entendus, l'Amour a quitté ces con-
trées désolées....

L'onde amere pénetre dans sa bouche et dans
ses narines; il ne peut plus respirer; ses épaules
s'enfoncent peu-à-peu dans les flots; ses mouvements deviennent lents et convulsifs; un
tremblement funeste s'empare de ses membres
épuisés; sa voix expirante ne peut attendrir
l'onde terrible; elle le roule avec furie.

Tantôt la vague en frémissant l'entraîne
dans ses gouffres profonds, tantôt elle le souleve avec fureur; là elle le replonge avec violence, plus loin il reparoît presque lancé dans
les airs, plus loin encore il disparoît précipité
dans l'abyme. L'onde se brise enfin sur le rivage,
et le jette avec impétuosité à travers un nuage
d'écume par-dessus les rochers moussus qui
bordent le barbare Hellespont.

Les flots ont poussé son corps inanimé sur la
terre qui vit ses premieres amours; mais, hélas!

LA TEMPÊTE.

il ne doit plus revoir ce qu'il aime : ses yeux vont se fermer. Sa bouche s'entr'ouvre pour appeler son épouse, et sa bouche peut à peine prononcer le nom de Héro.

En vain l'écho répéta ses gémissements; en vain les nymphes éplorées s'efforcerent de le rendre à la vie : c'en est fait; il a soupiré pour la derniere fois, il a touché à son heure derniere; ses bras tombent inanimés.... sa tête languissante est penchée.... sa bouche décolorée s'entr'ouvre.... ses yeux appesantis se ferment.... les frissons du trépas le saisissent : il succombe.... il expire!...

Divinités protectrices de ces bords, couronnez vos têtes de la mousse funebre qui surnage entre ces rochers sauvages; déchirez vos voiles d'azur.... il n'est plus, ce beau jeune homme qu'Amour sembloit avoir fait naître pour le combler de ses faveurs.... il n'est plus.... son corps tendre et délicat, ses membres formés avec tant de graces reposent sur des rochers dépouillés

de gazons et de fleurs.... sa bouche entr'ouverte
laisse distinguer ses dents aussi belles que les
perles de l'orient : cette bouche semble respirer
encore ; hélas, muette et glacée, elle ne pro-
noncera plus le nom de Héro !... ses levres pâles
sont comme les feuilles de rose que les vents du
midi ont fait tomber sur le gazon ; ou telle, au
bord d'un ruisseau, paroît l'humble violette séparée de sa tige.

Pleurez, tendres Naïades ; et vous, sensibles
Néréides, remplissez l'air de vos cris douloureux. Nymphes des bois, accourez toutes tremblantes ; venez, rassemblez-vous autour du
malheureux amant de la belle Héro. Ah, vous
ne verrez plus ses beaux yeux, ivres d'amour, ex-
primer timidement l'émotion qu'il vous fit connoître ! ils sont fermés, ces beaux yeux ! vous ne
les verrez plus !... ils sont fermés pour toujours !...

Ses sourcils paroissent comme un arc d'ébene
sur son front d'albâtre : la tendresse, la fierté,

la douceur, se peignent encore sur sa figure intéressante : ses cheveux ne voltigent plus au
gré des vents ; humides et moins dociles, ils
semblent fixés pour toujours sur ses épaules
d'ivoire et sur sa poitrine glacée.

Pleurez, Dryades ; pleurez, Nappées : le beau
jeune homme d'Abydos n'est plus.

Cependant le cruel Neptune ordonne aux
flots de s'appaiser ; son char, traîné par quatre
chevaux marins aussi blancs que la neige, vole
rapidement sur la vaste étendue des eaux : ce
dieu tient un trident à sa main ; sa couronne
d'or est couverte de joncs et de mousse ; sa
barbe noire ombrage jusqu'à sa ceinture ; ses
yeux étincelants, protégés par un sourcil altier
et sombre, brillent dans leur orbe enfoncé : à
sa voix terrible les vents se taisent, les nuages
se dissipent, l'onde s'applanit, les vagues n'osent
murmurer....

L'aurore ouvroit déja les portes de l'orient ;
une couleur de pourpre et d'opale s'étendoit

12

sur les montagnes, chassoit les ténebres de la nuit; la nature tremblante se ranimoit insensiblement. Héro, la triste Héro, guidée par un pressentiment secret, vole sur la plage encore couverte des horribles débris de la tempête.

Elle erre comme une bacchante insensée; elle appelle Léandre à grands cris; elle le demande aux dieux, et les dieux sont assez cruels pour exaucer sa priere.

Elle voit étendu sur le rivage cet amant infortuné, victime du perfide Amour. A cette vue, pâle, éperdue, tremblante, elle s'arrête, recule, s'élance, jette un cri perçant dans les airs, et tombe privée du sentiment en embrassant son corps insensible.

Revenue des portes du trépas, ses bras le presserent tendrement contre son sein; sa tête se pencha languissamment sur sa tête: elle veut parler, et la parole expire sur ses levres : elle colle sa bouche sur sa bouche; ses yeux noyés de pleurs sont fixés sur les yeux fermés de son

amant.... Le désespoir ranime enfin ses forces
abattues ; elle déchire ses vêtements, elle arra-
che ses beaux cheveux, elle se meurtrit le
sein....

« Cruel Amour, s'écrie-t-elle, jouis, jouis de
« mon désespoir. Barbare! ah! quel étoit mon
« crime? Daigne au moins finir mes tourments ;
« ils sont affreux.... Arrache-moi, arrache-moi
« cette existence horrible que je ne puis parta-
« ger avec ce que j'aime ; prive-moi de cette vie
« funeste qui m'est odieuse. Hélas! qu'est devenu
« ce bonheur que tu semblois nous promettre?
« la seule idée me faisoit tressaillir.... Perfide!
« pourquoi nourrissois-tu mon fol espoir? ah!
« que ne me laissois-tu mon insensibilité!....
« Barbare dieu! n'as-tu doublé mon existence
« que pour me donner deux fois la mort?....
« Pourquoi m'as-tu fait jouir d'une ivresse qui
« m'étoit inconnue?....

« Souvenir plein de charmes, souvenir qui se
« retrace encore à mon cœur, doux instants

« passés comme un songe, vous ne reviendrez
« plus! vous ne viendrez plus séduire une amante
« crédule et sensible!... illusion caressante, vous
« n'agiterez plus mon sein!... Et toi, cher Léan-
« dre, objet infortuné de mes amours, de mes
« regrets, ah! s'il te reste encore un sentiment
« de vie, si le flambeau de notre amour n'est pas
« tout-à-fait éteint dans ton cœur, par pitié re-
« garde la trop infortunée Héro : hélas! entends
« ses gémissements; écoute sa voix, écoute sa
« voix expirante; fais un dernier effort, cher
« amant; sois encore sensible à mes vœux : c'est
« ta compagne, c'est Héro, c'est ton épouse,
« hélas! qui t'appelle... Réponds-moi; ah! dis,
« pardonne-moi; pardonne à la cause innocente
« de ta mort; tourne tes yeux sur mes yeux; ne
« m'abandonne point; prends pitié de ma foi-
« blesse extrême; tourne un dernier regard sur
« ton amante fidele; ne la délaisse point dans
« ces cruels moments....

    « Malheureuse! mes soupirs ne sont point en-

« tendus.... Il n'est plus.... il n'est plus!... c'en
« est fait.... il n'est plus!...

   « Mes tendres baisers ne peuvent émouvoir
« son sein insensible; je ne sens plus son cœur
« palpiter.... ses bras si caressants ne s'enlacent
« plus autour de moi.... sa bouche garde un
« affreux silence ; elle ne sourit plus à ma vue....
« Et c'est moi, c'est moi qui l'ai fait mourir! c'est
« moi qui lui donne la mort... La mort.... ah,
« barbare ! comment pourrai - je expier ce
« crime?... comment pourrai - je supporter ce
« poids énorme sur mon cœur?... Non, non,
« cette idée est affreuse, elle est insupportable;
« elle auroit trop de supplices pour moi....

   « Je le sens, cher Léandre, il faut un sacrifice
« à tes mânes; oui, il est juste.... eh bien! voici
« ta victime; je suis prête, je ne balance point,
« je m'immole à l'amour... Ah! j'espere que le
« fils cruel de Vénus, après tant de rigueur, me
« permettra du moins de t'approcher dans le
« séjour des ombres... Je ne viendrai point

« devant toi comme ayant mérité un éternel
« courroux; ta malheureuse Héro devra te pa-
« roître, hélas! digne de quelque pitié... tu la
« verras à tes pieds, timide et tremblante, implo-
« rer son pardon, te tendre les bras, embrasser
« tes genoux.... tu la verras se traîner sur tes
« traces, attendrir les échos lugubres des som-
« bres bords, appeler à grands cris son cher
« Léandre, son époux fidele...

« Oui, mon bien-aimé, je te suis, je vole après
« toi... Viens, que je t'accompagne.... viens,
« que mes bras te pressent sur mon sein... Ô
« mon cœur, palpite pour la derniere fois sur
« son cœur.... ô ma bouche, colle-toi pour tou-
« jours sur sa bouche... La mort.... la mort n'a
« plus rien d'effrayant.... »

Elle dit; et tenant Léandre tendrement em-
brassé, elle se précipita dans la mer.

Les vagues sembloient respecter cette beauté
malheureuse; les flots émus alloient s'arrêter
autour de ses membres délicats; on enten-

LA MORT D'HERO.

doit autour d'elle le murmure touchant des ondes.

Cependant la sévere Atropos effaçoit de son beau visage la couleur délicate de la rose, et cette fleur que donne le printemps de la jeunesse; la pâleur effrayante, compagne du sombre trépas, s'étendoit insensiblement sur son corps.

Elle reparoissoit par intervalles sur la surface des eaux ; sa bouche sembloit alors demander Léandre; ses bras sembloient le serrer encore par un dernier effort. Cependant sa paupiere mourante s'étoit déja fermée ; son sein avoit soupiré pour la derniere fois, et son ame, flattée du doux espoir de revoir son amant, s'étoit envolée dans le séjour des ombres.

On dit que sur ces funestes bords on entend sans cesse des voix plaintives; les échos n'y répetent que de lamentables gémissements ; les flots y murmurent et le jour et la nuit. On n'y voit plus comme autrefois la tendre verdure s'unir aux fleurs; les fleurs et la verdure ont fait place aux mousses stériles et rampantes qui couvrent les rochers aigus de ces rivages : les divinités de la mer ne viennent plus s'y reposer; les amants sensibles ne choisissent plus cet asyle pour s'entretenir de leur tendresse : sur un sable noir et calciné l'on n'y distingue que la seule trace des reptiles venimeux; et la chouette solitaire y frappe l'air de son cri perçant et sinistre.

FIN.

NOTES DE L'ÉDITEUR.

Nota. Les notes suivantes sont traduites ou transcrites presque littéralement des aut. *Hérodote, Dict. de la fabl.; Explic. des fabl., par Bannier; Dict. de l'acad.; Pausanias; Cost. des Anc. peup.; Philostr., vit. Apoll., Musée; Strab.,* etc.

1. Page 7 Héro est fameuse dans l'histoire par ses amours malheureuses et sa fin déplorable: elle étoit grande prêtresse de Vénus à Sestos.

2. Page 7. Sestos, ville de la Chersonnese de Thrace, avoit un temple célebre consacré à Vénus. Le lieu où elle étoit se nomme aujourd'hui *Zéménic.*

3. Page 8. Abydos, ville d'Asie, étoit située sur le bord oriental de l'Hellespont, presque à l'opposite de Sestos, au sud de cette derniere ville. Ses ruines se voient aujourd'hui sur une pointe dite *Nagara.*

4. Page 8. La *Chersonnese* proprement dite étoit une presqu'isle de Thrace. Le mot *Chersonnese*, tiré du grec, signifie généralement péninsule.

5. Page 8. La mer qui baigne les rivages de Sestos étoit appelée *Hellespont,* du nom d'Hellé, fille d'Athamas, qui, passant ce bras de mer pour se rendre dans la Colchide avec Phrixus son frere, y tomba, et périt. Elle traversoit pour lors le détroit montée sur le fameux bélier qui portoit la toison d'or. On sait qu'Athamas étant tout prêt à immoler Phrixus et Hellé sur le mont Laphystius, Jupiter envoya à ces malheureux enfants ce fameux bélier à la toison d'or, sur lequel étant montés ils se sauverent. On a nommé depuis ce bras de mer *détroit des Dardanelles.*

6. Page 10. Adonis, fils de Cyniras, roi de Biblos, dans la Phénicie, périt à la chasse de la morsure d'un sanglier. Vénus, qui l'aimoit éperdument, pleura si amèrement sa mort, que Proserpine,

touchée de ses larmes, consentit à le lui rendre pendant six mois de l'année. Vénus l'ayant gardé plus long-temps, il intervint entre ces deux déesses une dispute très vive, que le pere des dieux termina, dit-on, en obligeant Adonis à passer huit mois aux enfers, et les quatre autres mois avec Vénus. Les fêtes de Vénus et d'Adonis prirent naissance en Phénicie, et passerent de là dans la Grece.

7. Page 11. Les anciens peuples de la Grece avoient, malgré l'affreuse corruption de leurs mœurs, une sorte de vénération pour l'état de virginité dans les filles : en général ils croyoient que la virginité tenoit quelque chose de la divinité, qu'elle étoit comme le siege de la prudence et de la sagesse, et qu'elle pénétroit l'avenir : c'est sur ce fondement qu'ils faisoient plutôt choix de filles que d'hommes pour rendre les oracles et avoir soin des choses sacrées, pensant que les dieux se communiquoient plus volontiers à elles, et qu'elles entroient mieux dans leurs vues et dans leurs desseins.

8. Page 11. Le *Stade*, chez les peuples de la Grece, étoit un lieu consacré à la célébration des jeux publics, tels que la course, le pugilat, etc.

9. Page 12. Les jeux pythiques se célébrerent d'abord à Olympie ; par la suite des temps ils furent répétés tous les quatre ans à Delphes. Dans leur origine, ces jeux étoient un combat de poésie et de musique ; une couronne de laurier étoit le prix destiné aux vainqueurs.

10. Page 12. On nommoit ainsi les jeux établis par les Argiens dans la ville de Némée : ils avoient lieu tous les ans en l'honneur d'Ophelte, suivant les uns, et de Jupiter, suivant les autres.

11. Page 14. Ce vaisseau avoit été construit dans la forme d'une grande coquille : il figuroit la naissance de Vénus sur les eaux.

12. Page 16. La couronne de myrte et de roses étoit spécialement consacrée à Vénus ; celles de laurier, qui l'étoient à Apollon, se distribuoient à Olympie et à Delphes aux vainqueurs des jeux pythiques.

13. Page 18. Les temples grecs recevoient quelquefois la lumiere par la voûte de la grande nef, qui étoit pour lors entr'ouverte dans le milieu : la statue principale de la divinité étoit placée, dans ce cas,

sous les entre-colonnes, dans un endroit sombre et mystérieux; une lampe d'or brûloit perpétuellement devant elle.

14. Page 22. Les canephores ou porte-corbeilles étoient pris parmi les jeunes gens les plus distingués des deux sexes; ils étoient occupés dans les temples à porter au pied de l'autel les ustensiles nécessaires aux sacrifices, comme coffret à l'encens, vases, couteaux, trépieds, pateres, etc... c'étoient eux encore qui étoient chargés de jouer de la double flûte et des autres instruments qu'on entendoit dans les fêtes.

15. Page 23. Il eût fallu, pour être correct, employer le mot *étole*, qu'on regardoit chez les anciens peuples comme un attribut et un signe de la dignité du sacerdoce; mais on a préféré se servir dans un temple de Vénus du mot *ceinture*. Les prêtresses la portoient au-dessous du sein, la faisant remonter transversalement du côté droit sur l'épaule gauche, et la laissant retomber par-devant de ce même côté (*et vice versâ*).

16. Page 28. Les Grecs étoient si avides de fêtes et de spectacles, que des pays les plus éloignés ils accouroient en foule pour satisfaire leur curiosité naturelle dans les lieux où se célébroient quelque pompe religieuse ou des jeux publics.

17. Page 30. On s'est servi du mot *arene* préférablement à celui de *scamma*, qui étoit chez les Grecs l'endroit même du stade où combattoient les athletes, par la raison que le premier seul est usité dans notre langue, et a la même signification à-peu-près.

18. Page 30. Le *ceste* étoit un gantelet ou brassard garni de plomb, de fer, ou d'airain, et quelquefois de tous ensemble, dont s'armoient ceux qui disputoient le prix du pugilat.

19. Page 31. Le mot *amphithéâtre* étant composé de deux mots grecs dont le sens est, *voir également des deux côtés opposés*, on a cru pouvoir s'en servir pour désigner dans notre langue l'endroit du stade où se plaçoient les spectateurs: c'étoit généralement une levée inclinée ou terrasse remplie de sieges et de gradins sur laquelle se rangeoient les différents peuples qui assistoient aux jeux.

20. Page 32. Cette marque d'honneur étoit quelquefois déférée, dans

les jeux publics, à des personnes de marque : l'histoire fait mention de ces distinctions flatteuses accordées à Olympie, à Philopœmen, Thémistocle, etc.

21. Page 35. Les boucliers des peuples de l'Argolide étoient les plus estimés de la Grece ; outre qu'ils surpassoient les autres en grandeur, ils étoient encore plus ronds.

22. Page 39. Héro, issue d'un sang illustre, n'ayant pas encore subi le joug de l'hymen, ses parents, inquiets, la faisoient loger dans une tour élevée sur le rivage de la mer.

23. Page 39. Le courant de l'eau étoit si rapide dans le détroit de l'Hellespont, que ceux qui vouloient passer d'Abydos à Sestos étoient obligés de remonter le rivage jusqu'auprès de l'embouchure du *Practius;* ceux au contraire qui avoient à passer de Sestos à Abydos, longeoient quelque peu le bord occidental jusqu'au-dessous de la tour de Héro, et s'abandonnoient ensuite à la rapidité du courant. La mer n'avoit guere en cet endroit que sept petits stades de largeur, ou trois cents cinquante-sept toises, ce qui ne fait pas le demi-quart d'une de nos grandes lieues. Ce fut précisément en ce lieu même que Xerxès, devant passer d'Asie en Europe, fit jeter deux ponts de bateaux affermis sur leurs ancres.

24. Page 67. Hyméneus étoit un jeune homme d'Argos qui ayant rendu à leur patrie des jeunes filles d'Athenes que des corsaires avoient enlevées, obtint pour prix de son zele une de ces captives qu'il aimoit tendrement. Depuis cette époque les Grecs ne contractoient point de mariage sans rappeler sa mémoire dans des épithalames chantés à son honneur.

25. Page 68. Après les sacrifices et les cérémonies religieuses usités dans la Grece au sujet des mariages, à l'entrée de la nuit le cortege des époux commençoit à sortir du temple pour se rendre au lieu où devoit se célébrer la fête nuptiale : la marche, éclairée par des flambeaux sans nombre, étoit accompagnée de chœurs de musiciens et de danseurs.

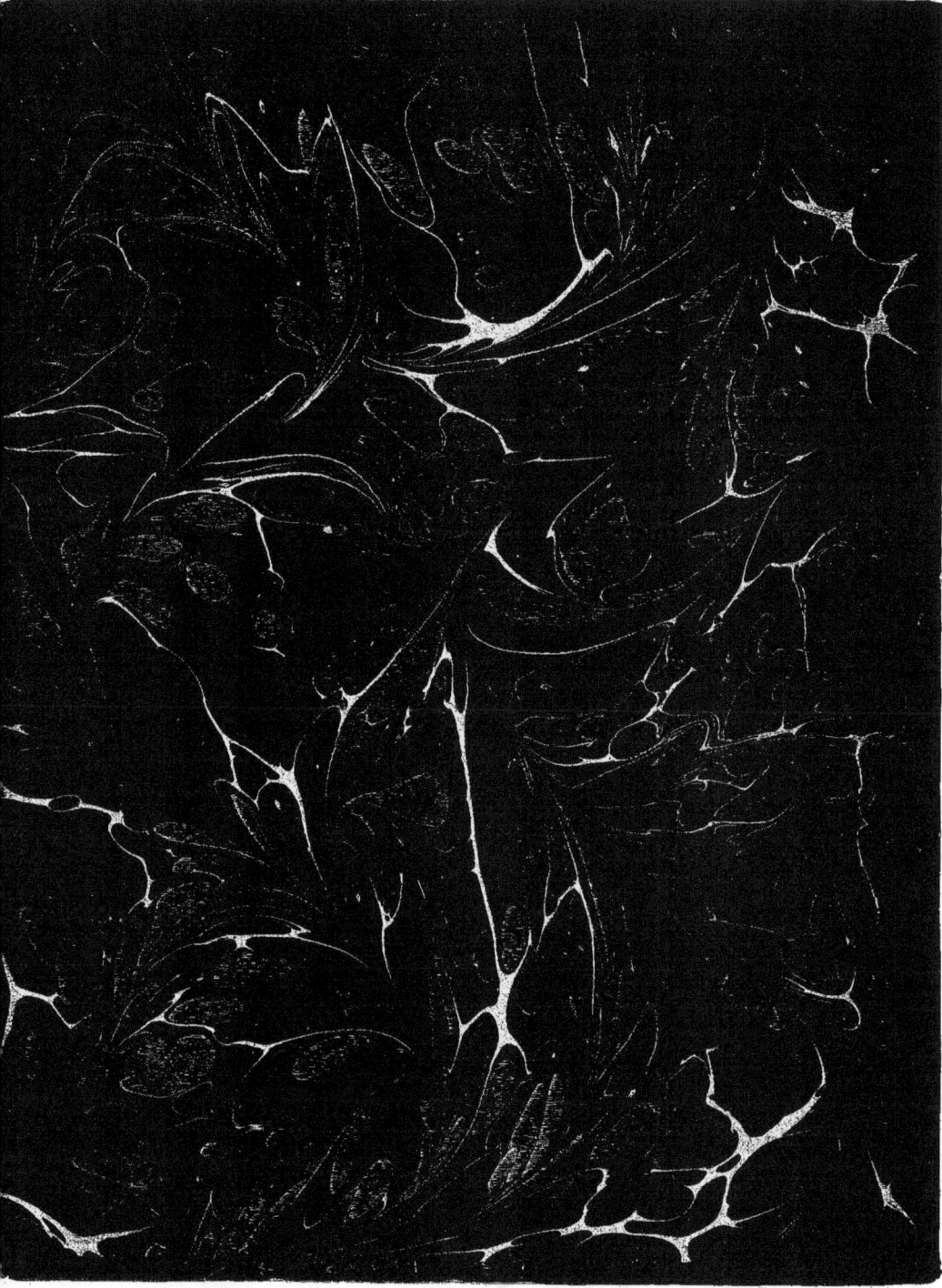

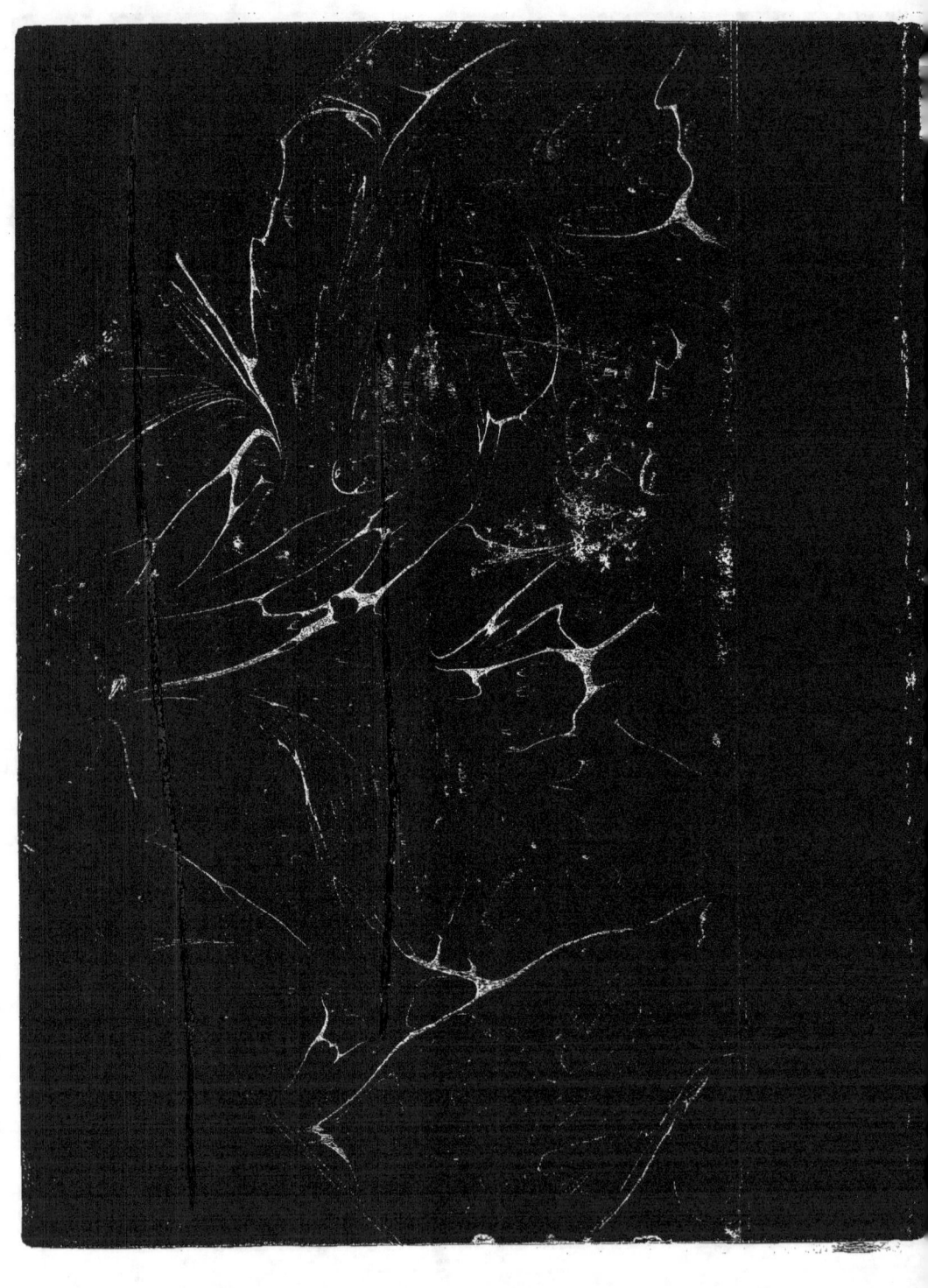

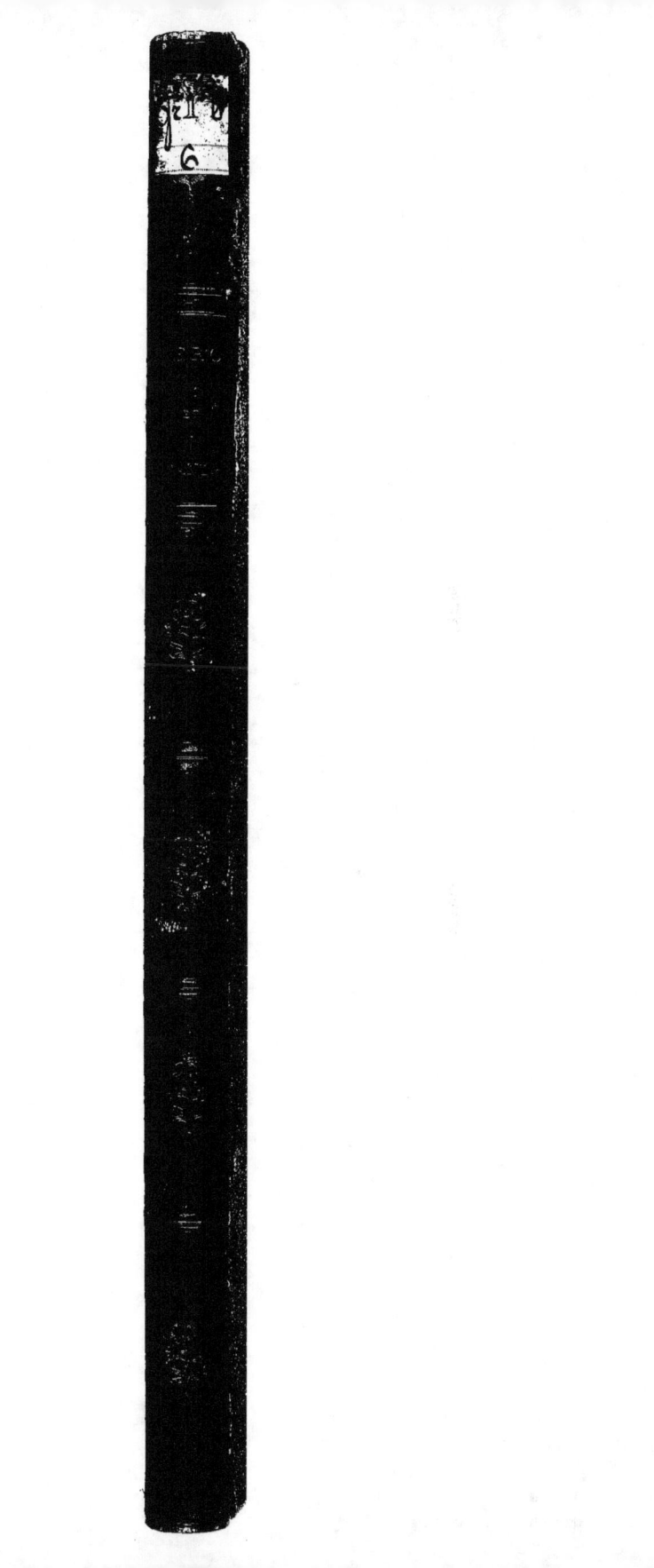

www.ingramcontent.com/pod-product-compliance
Lightning Source LLC
Chambersburg PA
CBHW060816250626
47162CB00005B/1812